戀愛的死神，與我遺忘的夏天

koi suru shinigami to boku ga wasureta natsu

五十嵐雄策

YUSAKU IGARASHI

輕文學
Light Literature

目　錄

這是，再次相會的故事。
既是再次相會，也是終章，是個全部結束之後的故事。

☾

我原本想盡可能低調過日子。

反正，就算和其他人扯上關係，總有一天會被忘記。不管建立起多親密的關係，都會被「遺忘」。會隨著時間流逝，從記憶中消失。

既然如此，打從一開始就別抱有希望比較好。

既然是注定消失的期望，還是別有比較好。

——因為我非常清楚失去的痛楚。

所以，那是個偶然。

因為工作偶然造訪水族館。

在那裡，遇見了那個人這件事。

在那裡——我墜入第二次初戀。

序章　再會之花

0

眼前，站著一個死神。

這不是譬喻，而是真正的——死神。

大多描繪成骷髏穿著黑衣、手拿鐮刀的陰森形象。

原來如此，真要說起來，顏色相當樸素的制服打扮，融入夜色後似乎也能看成黑色吧。她手上那把大紅傘是有點難解釋成鐮刀，但就手拿長物這層意義來看，或許也能說很接近吧。

但是，物主散發出壓倒性的開朗與能量，讓眼前這個人致命性地與不祥、陰森這類的形容詞扯不上任何關係。再更進一步說，這個地點從某種意義上來說，是象徵著日式風格的寺院長谷寺，死神這種西方來的東西在此有夠格格不入。

「今天真的很謝謝你前來，望月同學！」

死神用著無比親切的語氣喊我的名字。

「像這樣好好說話……應該是第一次……對吧？我想，我們應該有打過招呼之類的。」

「嗯，沒有錯。」

「嗯～但你可真是沒有絲毫感動啊。第一次和美少女說話耶，你不覺得可以給我一個擁抱之類的，表現得更開心一點嗎？」

她邊說邊笑，「向日葵般的笑容」就是形容這種笑容吧。光只是這樣，就讓我覺得身邊的影子也立刻亮了一度，雖然她說出口的話有點那個啦。

「算了，就讓我當成往後的期待吧……那麼、那麼，正如同我剛才說過，我是死神。」

她的口氣彷彿在介紹自己的所屬社團。

「今天會把你叫出來，是有原因的。」

「原因？」

「對。」

死神找人出來，一般來說，除了通知死訊諸如此類的事情外，也想不出其他了。但是從我是死神當事人認識的人這點來想，也可能並非此類。

而正如我預料，她說出口的話，不是通知我的死訊。
但是，其內容也未免太超乎想像。
死神小聲「嗯哼」清清喉嚨後，稍微有點戲劇化地對我說：

「望月同學——我是來挖角你當死神的。」

站在我眼前的，是個身高一百五十二公分的死神。
這就是我和茅野花織的——邂逅。

——那是個相當大的誤會。我是在很久很久以後，才在感到無盡後悔的同時發現這件事。

第一章　鎌倉的死神

1

舉例來說，重要的東西總是等到失去後才會發現其價值，對吧？

如同失去的回憶。

如同幻影般蕩漾的春夜氣味。

那天，我記得應該是毫不特別的一天。

如往常般早上起床去學校，聽著無聊的課，午休時溜出學校到外面去。中間和朋友們隨意聊著無關緊要的事情。這應該是一年三百六十五天中，有兩百天都重複相同生活的，再尋常也不過的日常。

上課時間終於結束，到了放學後。

因為我沒參加社團也沒加入委員會，和同學們打聲招呼後，便離開教室步上歸途。

到此為止，都是無比尋常的一天。

接下來，出現了變化。

我打開鞋櫃準備拿出鞋子。

「……嗯？」

接著，我發現有什麼東西在鞋櫃裡。

是封信封裡放有粉紅色信紙的信，信上面用可愛的圓潤文字，寫著「十八點，我在長谷寺的觀景台等你」。

要是只看這樣，應該會覺得「哇！是誰要向我告白啊」，或許是件讓人心跳不已的大事吧。或者會覺得是誰的惡作劇，只是一件與嘆息一起輕輕丟進垃圾桶裡的事情罷了吧。

我之所以兩種想法都沒有，是因為寄信人欄位上寫著「茅野花織」。

茅野花織。

同班同學的名字。

開朗且擅長社交，總是班上的中心人物，人如其名，如同花朵的存在。她親人的個性，說是美女也無庸置疑的容貌，加上制服裙子很短，無論男女都喜歡她。雖然是同班同學，我也只和她打過幾句招呼而已，並非特別熟稔。這樣的茅野同學到底找我有什麼事？

我想，應該也可以當沒看到吧。或者更該說，正常來想，當沒看到或許才比較自然。但我覺得簡短的信件中有著什麼，走出學校後，腳步便自然往長谷寺方向前進。

長谷寺，位於長谷站附近，距離我就讀高中所在地的北鎌倉有四站遠。搭乘ＪＲ橫須賀線抵達鎌倉站，再轉搭因行駛於市街而聞名，通稱江之電的江之島電鐵線五分鐘後就能抵達。

長谷站是個小車站，但因為老舊的古老車站很有風情，常有許多觀光客造訪。今天也是，儘管是這種時間，也看到男女老少，相當多的人。

鑽過人群走出車站，沿著右側大馬路前行，接著在下一個路口左轉，馬上就能看見長谷寺了。

長谷寺是鎌倉周邊有名的寺院。

這個古寺分為上境內與下境內，占地寬廣，因為境內全域妝點著四季的花朵，所以也被稱為「鎌倉的西方極樂淨土」、「花寺」，是當地人皆知的觀光名勝，也是旅遊導覽書絕對都會提到的地點。

參拜時間應該早已結束了，但大門還開著。

附近沒有人，感覺也不會有人責備我，所以我小聲說著「打擾了」，穿過大門。

境內也沒有人。

雖然已過參拜時間，但這種時候應該至少有個工作人員也不奇怪，卻連這也沒看見。彷彿只有這裡從世界切分開來，悄然無聲。

不愧被稱為「花寺」，環顧四周，繡球花與皐月杜鵑等當季花朵盛開著。因為雨一直下到過午才放晴，境內大半都被雨水染溼，但樹葉被水染成深色的樣子也別有一番趣味，很有魅力。

信上寫的觀景台，應該是在上境內。

爬上陡峭的石階梯，朝著前方邁進。

好不容易終於走近她指定的觀景台了。

黑暗中，我看見一個小小的人影站在那邊。

即使距離遙遠，仍一眼就看出來了。不適合出現在這被暮色覆蓋的微暗風景中，散發光芒的華麗存在。她全身散發出只是站在那裡就會照亮周遭的印象。

此時我根本從沒想像過，這華麗的存在竟會自稱死神。

茅野同學發現我之後，用力揮動持傘的手。

「啊，這邊、這邊！」

她用響徹寂靜的巨大聲音喊我。
因為她的聲音太響亮，我無比擔心會被寺院的人發現，慌慌張張朝她身邊跑去。
「那個……」
「總之先謝謝你前來，望月同學！」
她邊說邊緊緊握住我的手。好柔軟。正如其名，感覺聞到讓人懷念的花香。而我呢，對這突然的過度肢體接觸，不知該怎麼反應，整個人僵在原地。
為了掩飾內心的焦急，我看向遠方說：
「然後，找我什麼事？」
「嗯？」
「不是有事找我，才把我叫到這裡來的嗎？」
「啊，對、對！那個啊……」
她此時小聲「嗯哼」清清喉嚨，稍微端正態度之後說：
「那個啊，其實，我是死神。」
「……啊？」
死……她是在說什麼？
這平常幾乎用不到的單字，讓我的腦袋想不出是什麼字。

看見我一臉驚訝，茅野露出苦笑。

「啊～嗯，會有這種反應也是正常啦。但是啊，我說的是真的。我是死神，負責和人類的『死亡』與『遺忘』有關的工作。」

「……」

怎麼辦，我認真不知道該怎麼反應才是正確答案。

「死神」這個單字，頂多只出現在漫畫和小說中，或開玩笑時會用到吧。

但是，我覺得……茅野不是會說那種惡質笑話的人。

直率、情感表現豐富、愛笑，彷彿夏天盛開的大朵向日葵般的存在。但是，這些頂多是從我對她的少數記憶中推測出來的印象而已。

而且，話題不是到此結束。

難以置信的是，她竟然直說要來挖角我當死神。

「挖角是？」

「就是字面上的意思啊。我希望你可以成為實習死神，以我的助手身分。」

「成為死神會怎樣？」

「要請你和我一起工作，我們是不用加班、有薪假完整的良心企業，也有員工福利制度，你放心。」

「薪水呢？」

「沒有薪水喔！哎呀，這點應該說，工作價值是最棒的酬勞啦，對吧？」

「這完全就是血汗企業啊。」

別說血汗了，根本吸血。

「好啦、好啦，別計較這種小細節。然後呢？你要做？要工作？還是要被僱用？」

「這全是相同意思吧。」

「嗯，是嗎？哎呀，別在意、別在意，你會做吧？」

聽她的口氣，似乎完全沒想過我會拒絕。

「……」

我不知道茅野口中的死神代表著什麼。

是在比喻什麼嗎？或者是象徵性意義？但不管那是什麼，至少我覺得她應該沒想要加害於我，不會把我牽扯進壞事裡吧……應該。

所以，我決定了，總之就先配合她吧。

「……好啦，我做。」

我如此回答後，茅野開心地跳起來。

「真不愧是望月同學！我早在五年前就知道你會答應我了！」

險。

她如此隨意說著，蹦蹦跳跳地跳來跳去。每次一跳，裙襬都跟著飄動，真是有夠危險。

跳過癮後，茅野滿臉笑容對我說：

「那麼，我們立刻就走吧。」

「欸？」

走？

走去哪？

看見我露出訝異的表情，她的眉毛垂成八字，如此說道：

「什麼『欸』啦，你願意當死神對吧？所以，要去做你的第一份工作啦。」

就這樣，我——成了實習死神。

2

鎌倉是個不可思議的城市。

有鶴岡八幡宮及源氏山公園等，許多具代表性的寺院神社及歷史遺蹟，以及許多古民家這些歷史性要素，但只要走到車站前，也能看見大型超市、大型銀行，還有時髦的咖啡廳。還有三條電車路線通過，公車等交通也相當便利。

今昔同居的城市。

自從雙親五年前因為交通事故過世後，我就從原本居住的藤澤搬到鎌倉的阿姨家住。阿姨家位於傳統木造日式房屋並排的寧靜住宅區內，附近有佐助稻荷及錢洗弁天等等。住附近的鄰居都是和善的老人家，只要碰面絕對都會打招呼、閒話家常幾句，也會與我們分享蔬菜和料理。我非常喜歡在這個質樸、溫暖地區的生活。

「然後，我們要去哪？」

「這邊啦，先去坐電車、電車。」

她走出長谷寺後，朝長谷站前進，準備要搭江之電。我邊抱著「死神也會搭江之電啊」的奇妙感慨，邊跟著她走進車廂，在她身邊坐下。

就算在電車上，她還是很多話。

「那，你比較喜歡女生的胸部還是女生的腿？」

「呃？幹嘛突然問這個？」

「聽說啊，男生隨著年齡增長，對女生的興趣也會越來越往下移耶，所以你應該已經到腳底了吧。」

「老人啊……」

這也老到有剩了吧。

「不是嗎？那腳踝骨附近？大大讓步之後，腳踝之類的？」

「雖然長這樣，我姑且和妳同年耶……」

「欸～但是總覺得你給人一種枯木的感覺啊～」

真要說起來，我不太擅長聊天，先不論內容，這算是相當熱絡的對話了。這肯定是因為茅野的說話技巧相當巧妙吧。容我不厭其煩重申，先不論內容。

即使如此，我又在心中重新思考。

眼前的同班同學兼自稱死神。

容貌漂亮得吸引旁人注意，喜歡說話，個性開朗和我完全相反，也有點淘氣。

真的是，為什麼這樣的女生會說自己是死神啊。而且又為什麼會想要來挖角我當她的助手呢？

不管思考多少次，我還是沒個頭緒。

這樣說來，我記得她似乎是話劇社的一員，會是社團活動的一環嗎？但就算是這樣，我也想不到把我牽連進來的理由，而且沒必要在學校外面做吧。
種種思緒在我腦袋裡打轉，她終於發現我凝視著她的視線了，說道：
「……你愛上我了嗎？」
「……才沒有。」
這真的是……死神？
不管哪一點都不協調過了頭。
在我感到無言以對時，不知為何，她有點遺憾地「欸～」了一聲。
在鎌倉站下江之電後，接著徒步移動。
走出東口，穿過站前廣場往前走。
只靠街燈和藍白月光微光照射的黑暗中，只有她和我的腳步聲交互響起，身後跟著兩個長長黑影。
我喜歡晚上的空氣。
特別是這種溫和、安靜，春夏轉換之際的夜晚。
「春天晚上，總覺得很有氣氛呢～」
茅野如此說。
「像是即將結束的春天，和將要來臨的夏天混雜在一起的獨特空氣，月亮也看起來非常漂亮，我很喜歡呢。」

「啊，我懂。該怎麼說呢，感覺比平常藍、鮮豔閃耀。」

「對、對，這個啊，聽說是因為空氣中的塵埃，才會看起來很藍。」

邊說著這樣的話題，我邊和她並肩走在幾乎沒有行人的夜路上。

在她的身邊，總讓我感覺非常平靜。

不需要多有顧慮，可以自然以對，對不太擅長與人相處的我來說，也會產生我已經認識她很久的錯覺。大概是她和藹且容易親近的氛圍造成的感覺吧，這麼說來，她在學校裡也是立刻就能和第一次見面的人混熟。

大概是心情這般稍微鬆懈了吧。

大意到連抵達目的地了也沒發現。

我根本想不起來。

不記得自己到底走過哪裡。

走了十五分鐘左右後，茅野開口說：

「——到了，就是這裡。」

「這裡……」

「今天的目的地。」

茅野這句話，讓我終於回過神來。

時至此時，我才終於清楚想起來，剛剛走過的路是相當熟悉的路，也想起前方只有一個地方。

「欸……」

抵達的地點。

——那是我中午也曾造訪過的，醫院。

在這個時間點，我已經有某種程度的預感了。

茅野一語不發走過隨腳步發出鈍聲的油氈地毯走廊。

她前進的方向，是我這一個月來，不知道已經來過幾次，看慣的病房。

「……停下來。」

我忍不住喊出口。

死神什麼的，肯定是在開玩笑。

向誰宣告死亡的存在，肯定只會出現在故事與幻想當中。

但是，我卻忍不住大喊。

腦海中，各種感情與記憶如間歇泉般湧出。

因為，在那間病房裡的是——

「打擾了。」

茅野說著，打開病房房門。

春夜般的香甜香氣飄散而出，房間裡空間雖然寬敞，格局卻相當簡單。七點五坪大的空間裡，只擺著床、小櫃子和床邊桌。靠窗的床上，一位纖細的年輕女性正坐在床上看書。

女性看見我的身影後，歪過頭問：

「咦？阿章，怎麼了嗎？」

「啊，沒……」

「忘了什麼東西嗎？還是你有什麼東西要拿來給我嗎？」

「不是這樣……」

我慌慌張張尋找來這裡的理由。

得趕在茅野，這個自稱死神說出多餘的話之前，離開這裡才行。我的腦袋只想著這件事。

但是，稍微有點太慢了。

「哎呀，那邊那位是……」

「晚安。」

茅野如唱歌般如此說道。

「嗯，晚安，妳是阿章的朋友嗎？」

「不，我不是。」

「茅野同學！」

「──我是死神。」

她說出來了。

說出不適合病房這地點，帶人步向死亡的不祥之名。

一般人應該會困惑著不知道她在說什麼吧，也可能會生氣：「別說那種不吉利的話。」

但是，床上的女性，不可思議地，竟然接受了這件事。

「這樣啊……死神嗎……」

女性帶著傷腦筋的表情小聲說著。

「終於來了……我還想說這次應該沒有問題耶。」

「阿姨……」

她……是我的阿姨。

是小我母親很多歲的妹妹，從我小時候就很照顧我，對我來說，幾乎可說是另外一個母親。五年前雙親過世後，接手收養無處可去的我的也是她，從那之後，我就和她一起在鎌倉這個城市生活。阿姨是個開朗、溫柔的人，對我非常好。只不過她天生身體虛弱，從以前就常進出醫院，而病情在一個月前惡化，終於到了不得不住院的狀態。

「喂，我不是要你不能叫阿姨嗎？要叫春子，我也才二十幾歲耶。」

就算是這種時候，她仍不失開朗。

阿姨的——春子的個性，到目前為止不知道拯救了我幾次，但只有這次反而讓我胸口一陣緊。

「那麼，死神來找我要幹嘛呢？果然是要來通知我『妳的壽命只剩幾天，會因為什麼什麼原因死亡』之類的嗎？」

「這也有。但我之所以前來，還有另一個更大的目的。」

「另一個目的？」

「是的。」

「——我是來幫忙妳消除牽掛。」

茅野如此短短說道。

「牽掛……」

「沒錯。消除與『死亡』及『遺忘』相關的人的牽掛，這就是死神的工作。」

「這樣啊……」

牽掛？在說什麼？

但就算不再詳細說明，她們兩人似乎已經有共識了。

日光燈照射下，白晃晃的病房中，被沉默覆蓋。只有放在櫃子上的瑞香花瓶，顯得特別鮮明。

最後，春子慢慢開口。

「……死神小姐，妳說要幫我消除牽掛，對吧？」

「是的。」

「這樣啊。那麼……」

春子像是深思著什麼，說到一半又閉上嘴。

接著，她看著我和茅野的眼睛，靜靜地，卻確實包含著意志說：

「——我想去某個地方，所以，帶我去那裡吧。」

「這到底是怎麼一回事啊！」

走出醫院後，我逼問茅野。

「我根本沒聽妳說對象是阿姨，是春子啊！而且牽掛是……」

「正如字面所示。」

茅野輕輕點頭。

「我是死神。而死神的工作，就是接觸那些與『死亡』及『遺忘』有關的人，在旁見證結局。若是有牽掛的人……就會幫忙他們消除牽掛。」

「……」

她的話讓我緊緊握拳。

就算事情已成定局，我應該也不想承認吧。

春子——再過不久就要過世了。

「……那，也就是說……」

「沒錯。那個人……一週後就會過世。」

「……唔……」

我並非打從一開始就相信自稱死神的她的話。
但是，她那安詳的眼神、散發出的肅然氛圍，就算我不想承認，也顯示出這是事實。
「是真的啊……」
「……」
「春子已經……」
我沒辦法繼續說下去。
感覺只要說出口，只要化作聲音出現在世界上，就等於承認了這件事情一般，令我不願。
此時，我的注意力全在「死亡」這個詞上面，完全沒注意茅野說的另外一個詞。
「遺忘」。
這個詞，才是接下來發生的所有事情的核心。
彷彿沉入黑夜中的全黑家裡，悄然無聲。
聽不見任何物品聲、說話聲，根本沒有人的氣息。這個家裡只有我一個人，這也是當然。

和茅野道別後，我根本不知道自己是怎麼走回家的。
今天一天發生了太多事情，我的腦袋完全追不上。
同班同學的茅野是死神，而那個死神拜訪的對象是阿姨。
像在作惡夢一樣。睡不著的夜晚會作的短篇惡夢。我打從心裡想著，如果是夢，可不可以讓我快點醒來，但願望沒有實現。
甩甩頭，把視線拉回客廳。
黑暗中，隱約看見稍大的木製餐桌。
我常常在這裡和春子一起吃飯。
邊吃著春子做的菜，邊互相報告那天發生的稀鬆平常的事情，一同歡笑，過著熱鬧且開心的時光。
不僅如此，不管看向哪個角落，都讓我想起和春子的回憶。
雖然一起生活的時間只有五年，但這個家裡已經染上數也數不盡的回憶，我也毫不懷疑地深信這會繼續下去。
但是，這些回憶已經不會再繼續更新。
不再更新的回憶，只會像是個砂之城，風化，最後被遺忘。
「……唔……」

我還以為只是暫時。

只要稍微等一下，春子就會恢復健康回來這裡，在這個家一起生活下去。我如此相信，從沒懷疑過。

但是，我期望的日子再也不會來臨了。

再也不會。

伴隨不成聲的叫喊，我當場蹲下。

主人不在的客廳地板，只有冰冷與僵硬。

3

那天，是晴朗、舒服的週日。

昨天還下著雨，今天已經完全放晴，炫目的太陽在天空中閃閃發亮。氣溫不冷不熱正剛好，不管要去哪裡，都是最適合的一天。

我們和得到外出許可的春子一起在醫院前集合。

「嗯～天氣真好，真是舒服的晴天呢。」

春子說著，用力張開雙臂。

「阿章，謝謝你，還讓你來陪我。」

「沒，別這樣說。」

「死神小姐也謝謝妳，今天一天就麻煩妳了。」

「不用謝、不用謝，這是我的工作啊！」

茅野在胸前用力握拳後，如此回答。

真的，不管看幾次，都無法想像這開朗的人會是死神。

「那麼，我們要去哪裡？北至北海道，南至沖繩最南端的波照間島，不管去哪都能搭乘商務車廂和頭等艙，一般道路移動也會用豪華禮車接送喔！望月同學出錢！」

「怎麼是我啊！」

「欸，因為望月同學最喜歡春子小姐了啊，對吧？為了最喜歡的人，做什麼事情都在所不惜，這不就是男生嗎？」

「這樣說是沒錯啦……」

這和那是兩件事啊。

看見我這樣，春子呵呵輕笑。

算了，如果春子開心，我也無所謂啦……

「那麼，春子小姐，我們到底要去哪裡呢？」

「這個嘛，那麼，雖然不是波照間島，我們可以去江之島嗎？」

看來，那似乎是今天的目的地。

春子帶著一點戲弄的語調說完後，我有點失望地點點頭。

搭公車到鎌倉站後，轉搭江之電前往江之島站，接著再走十分鐘左右，就可以看見江之島弁天橋另一端的江之島了。

「喔～是江之島耶！」

不知為何，茅野相當興奮地大叫。

「說到江之島，當屬那個了，江之！島！丼！」

「那什麼？」

「欸，你不知道嗎？望月同學不釣魚嗎？」

「不知道，我也不釣魚。」

「欸，騙人，感覺你釣了很多女生耶。」

「……」

……感覺她最後似乎說了相當失禮的話。

最後還是不知道茅野口中說的到底是什麼……但不管怎樣，從某種意義上來說，江之島對春子和我而言，都是充滿回憶的地方。

無法忘懷、印象深刻的地方。

我想……春子因此才會把這裡選為想造訪的地方吧。

春子邊轉過頭來邊說：

「話說回來，死神小姐，謝謝妳，那之後還來探望我那麼多次。」

「不會、不會，既然是望月同學的阿姨，對我來說就不是外人啊！」

「不，這完全是外人吧。」

「欸~可是我和望月同學是互許未來的親密關係了耶。在閃耀藍光的月色下，發誓了直到死亡或遺忘將我們兩人分開為止，我們都會愛著彼此——」

「沒有發誓。」

先把這個吐嘈放一邊去。

「怎麼回事?茅野同學，妳有來探望春子嗎?」

「啊，這個嘛，那是……」

「嗯，對啊，死神小姐在那之後幾乎每天都來和我聊天呢。」

春子代替她回答。

是這樣啊。

我感到意外地看了茅野，她露出稍微害臊的表情後，右手比YA。呃，我是很感謝她來探望春子的用心，但比YA也太過時了吧。

「我聽她說了很多事情喔，像是阿章在學校其實很受女生歡迎之類的。」

「茅野同學……」

「欸～是真的嘛。雖然你不愛說話，但其實很溫柔、會體貼人，這部分分數很高呢，是隱藏版人氣角色。除此之外，還有在校舍後方邊說貓語邊偷偷餵野貓吃飯，喜歡水族館，說到魚就如偏執狂般了解等等，都很受女生好評呢。」

「妳為什麼知道那些？」

「死神的情報網可是相當優秀的呢，呵呵呵。」

「好啦，我知道了啦！」

這種羞死人的事情被攤在陽光下，我也只能舉白旗了。

話說回來，她為什麼會無謂地這麼清楚我的事情啊？我們到目前為止，幾乎沒說過話耶。

我嘆了一口氣後，春子脫口而出：

「但是，死神小姐來看我，或許是幫了大忙。」

「欸？」

「你看嘛，最近完全都沒有人來探望我了啊。」

「春子……」

這句話讓我無話可回。

沒錯……這一陣子，來探望春子的人確實少了很多。

前一陣子，鄰居們，還有對人和善的春子的許多朋友都曾來探望她。依時段不同，還會遇到好幾組人撞在一起的情況，可說相當混亂。但是，這幾天彷彿退潮般，好幾天都沒半個人來。這件事也讓我相當在意……

「……嗯，但這也是沒有辦法的事。離去者日漸生疏。我是個只等著離去的人了。從大家的心中消失、被大家遺忘，也是沒有辦法的事情，肯定是這樣。」

「……」

春子輕笑著說，我卻什麼也說不出口。

江之島是這附近——湘南具代表性的風景區，自古以來便是知名的觀光名勝。既是神奈川縣明訂的史蹟名勝，也是日本百景之地，應該沒人不知道這裡吧。雖然有陸地連結的部分，但確確實實是個小島，寫成江之島或江島。

地形上來說，是以東山與西山這兩座山為中心，周遭有礁岩環繞，也有許多地方形成斷崖。

我們照著春子的意思，邊慢慢散步邊往裡面前進。

走過因為有許多土產店、餐飲店而熱鬧的參道，穿過被稱為青銅鳥居與紅色鳥居的兩個鳥居繼續往前走，搭上被稱為江之島電扶的電扶梯，繼續往高處移動。

「這為什麼要叫做電扶啊？」

茅野歪著頭說。

「因為很像電扶梯吧？」

「如果是這樣，就叫電扶梯就好了啊。完全不知道少了『梯』的意義在哪裡。」

「這個嘛……」

確實是為什麼啊？一般來說，叫江之島電扶梯也可以吧？

我以為其中應該有什麼特別的意義，但之後問了才知道，似乎只是單純簡稱，讓我覺得有點掃興。

搭乘電扶梯到頂端，那裡有個神社。

名為江島神社，是日本三大祭祀弁財天的神社之一，由「邊津宮」、「中津宮」、「奧津宮」等三社組成，也是個知名的能量景點，能看到許多女性來參拜。

「總覺得像這樣來參拜，就會湧出能量來呢。嗯，一種充滿活力的感覺。」

「……死神嗎？」

「啊，偏見。不管是螻蛄、水黽還是死神，可都是好好活著的啊。」

活著的死神，字面上來看不覺得矛盾嗎？

即使如此——茅野的開朗真的幫了我大忙。

無論何時都神情爽朗、無一刻不笑的臉，陽光的自稱死神。如果沒有她那如盛開向日葵般的開朗，我肯定無法忍受吧。一個不小心，可能就逃走了，逃離和春子一起巡禮這充滿回憶之地的最後時光。

偷偷往旁邊看。

茅野看著江島神社的內堂，不知為何「嗯嗯嗯」點頭，春子恬靜地站在她身邊。稍微過肩的頭髮隨風飄逸，春子的瀏海底下，右眼上方，我知道現在那裡還留有傷疤。

突然，我和春子對上眼。

她發現我的視線後，咧嘴一笑。正如其名，讓人聯想到春天的溫和微笑。沒錯，春子的笑容正如春夜一般，無論何時都那樣圓滑，令人心曠神怡，從小只要看到她的笑容，我的心就會不可思議地平靜下來。但是現在的我，沒有辦法好好回以笑容。

「喂，阿章，你那什麼臉。」

春子傷腦筋地笑著歪頭。

「我起碼也是個年輕少女耶，對上眼就擺出那種苦瓜臉，會讓我失去自信耶。」

「那是……」

「望月同學肯定是在害羞啦，春子小姐是美人啊，望月同學看到美人，就像遇見蛇獴的龜殼花一樣束手無策啦。」

「……」

真的……幫大忙了。雖然也不得不說有點讓人火大的感覺。

走出江島神社後，接下來往江之島瞭望燈塔前進。

走進江之島山繆克金花園，順著道路前進後，就可以抵達海拔約一百公尺的瞭望台，可在此三百六十度環顧富士山、伊豆半島、箱根、大島與三浦半島等景色。

我們三個人並排靠在欄杆上。

「那個是不是阿章念的小學啊？」

「欸，哪裡？」

「看，那邊那個白色建築物，也可以看見操場。」

「啊，確實是如此呢。」

遠處模糊景色的那頭隱約可見的，確實是我在藤澤時念的小學校舍。沒什麼值得一提的特徵的普通公立小學，在春子收養我、搬到鎌倉住之前的五年，我都是念那間學校。

那裡有我和春子的回憶。

春子從以前就很疼我。雙親還在世時，只要一放假就會來我家，或是找我去她家，陪我玩、照顧我。我覺得春子就像我真正的姊姊、真正的母親一樣，春子肯定也和我有相同想法。

還曾經發生過這種事情。

我記得那應該是我小學一、二年級左右時的事情。

學校的教學參觀日。

就是在平日第五堂課或是第六堂課舉行的那個。

很早之前，母親就說她忙於工作無法前來。她從來沒參加過這類的學校活動，所以我打從一開始就沒期待過，但看見身邊的同學嘴上說著「欸～爸媽不來也沒有關係啊。」「就是說啊。」「我家爸媽就愛裝年輕，超丟臉的。」之類的話，實際上看見雙親前來的時候，又露出害羞微笑的反應，那時感到的疏離感讓我無比不舒服。所以，遇到這類活動時，我總是靜靜低著頭，只是等待著時間過去。

直到穿著制服的春子衝進教室之前。

那時，春子還是高中生，肯定是放學後立刻趕過來的吧。她頭髮凌亂、肩膀上下起伏地喘息，腳步不穩地衝進教室，接著一看見我的身影，立刻用那張春天般的笑容，開心地用力揮手喊著：「阿章！」

同班同學們鬧哄哄問著：「那是誰？」「望月同學的姊姊嗎？」「她穿制服耶，制服！」但對我來說，這和福音沒兩樣。她朝著我不停揮手，雖然這讓我有點害臊，但我還記得我整堂課都沒辦法收起臉上的笑容。這件事，成了我心中絕對忘不掉的一頁回憶。

大概從那時候開始，對我來說，春子就已經是我的家人了。

「嗯，阿章，怎麼了？」

「沒有，沒什麼。」

「你好奇怪喔。」

春子這樣說著，笑了。

她身上的味道輕輕拂過我的鼻子。

甜甜的瑞香香氣。

對我來說，春子是姊姊、是母親……也是唯一的家人。

不管是現在、以前，還是將來，永遠都不會變。

察覺到什麼異常，就是在那不久之後。

離開繆克金花園，往下一個目的地前進的途中，突然看見一張熟識的臉。

那是……確實是住在我家附近的佐伯阿姨。總會分享料理、送蔬菜來給我們，對我們非常好。她和春子的交情也很好，住院前常看見她們相談甚歡的身影。

「妳好。」

我打完招呼後，佐伯阿姨也親切地露出笑容：

「哎呀哎呀，這不是小章嘛。真巧，怎麼會在這種地方碰到，今天怎麼了嗎？」

「啊，對，那個，有點事。」

「這樣啊。阿姨啊，今天是來買點東西的，買魩仔魚。然後想說反正很久沒來了，就順便到處繞一下。你看嘛，沒什麼機會可以像這樣來江之島啊。」

她說著，和善的臉露出笑容。

她的笑臉和狸貓有點像，但這可不能說。

佐伯阿姨看向走在我後方的茅野和春子。

「啊，呃，這個女生是——」

放著不管，感覺茅野又要說出死神之類不必要的話，因為太麻煩了，所以我準備在那之前先下手為強……

「哎呀，這邊這兩位是小章的朋友嗎？」

「欸？」

我停下就要說出口的話。

感覺身邊的空氣一瞬間變冷了。

「……」

她說了什麼？

茅野就算了，雙方如字面所示是第一次見面，我剛剛正要向她介紹而已。

但是，她為什麼會說「這兩位」呢？

這簡直像在說，她連春子也不認識一樣啊……

這麼說來，佐伯阿姨這幾天也完全沒來探病了。前一陣子，她每隔兩天就會來探一次病的啊。

在無話可回的我面前，佐伯阿姨用看第一次見面的陌生人的眼神看著春子。這彷彿像是徹徹底底忘了春子一樣……完全看不出來她有什麼意圖，或是在演戲。

「等等，佐伯阿姨——」

「……阿章，沒關係。」

春子阻止我差點要脫口而出的反駁。

「但是……」

「沒關係啦……」

「春子……」

「……」

春子只是無言地搖頭，那彷彿放棄了什麼的表情，讓我一句話也說不出口。

4

「遺忘」，是另一種「死亡」。

如果說物理上從這世界消失是死亡，那概念意義上從這個世界消失，或許就能說是遺忘吧。

正反兩面，絕對無法切分開來的關係。

這件事，我完全沒有理解。

那之後，我們三個人也一起逛江之島。

漫步於巷弄小路，在其一角的店家吃了江之島丼，享受從高台看到的風景。

茅野仍舊維持開朗的情緒，春子臉上也帶著溫和的微笑，但我總有點心不在焉。

因為我怎樣都忘不了剛剛和佐伯阿姨的互動。

阿姨那彷彿在看陌生人的眼神怎樣都無法離開我的腦海。

心中，有什麼警鐘敲響了。

春子最後想去的地方是稚兒之淵。

那是位於江之島後側的海岬，附近的岩屋與被凹凸不平的岩石覆蓋的特殊地形是其特徵。

因為是週日，即使是即將日落的時段，周遭還是有一家大小、情侶、小孩子們的團體等等，非常多人專注在岸邊玩耍。

「喔喔，是潮池耶，潮池！」

茅野拋下這句話，像隻脫離束縛的小狗般衝出去。

必然的，這裡只剩下我和春子兩個人了。

和煦的風在身邊吹送，富含海潮溼氣的風絕對會讓身體變得黏答答，但對我現在有點汗溼的身體來說正舒服。黑鳶劃出大大的圓弧在天空飛翔，高聲發出鳴叫。

瑞香香氣乘著風搔弄我的鼻子。這是讓人聯想到春夜的春子氣味。

「欸，阿章，你還記得嗎？很久以前一起來江之島的事情。」

春子沒有看著我，如此說道。

「……記得。」

怎麼可能忘記。

我和春子一起來江之島是……距今五年前的事情了。

五年前……雙親因為交通事故過世，剛被春子收養的我，處於茫然若失的狀態。怎樣都無法脫離重要之人在眼前過世的喪失感，做什麼事都提不起勁，也沒去學校，只是關在房間裡在床上過一天。

春子帶著這樣的我到江之島來。

「喂，你這樣整天關著，可是會變成魚乾喔。一起去呼吸外面的空氣吧。」

這樣說著的春子就是帶我來這個稚兒之淵。

旁邊有同齡的小孩們愉快地在礁岸上玩耍或是玩水，天真無邪地抓小魚、互相潑水的樣子，看起來真的相當開心。

即使如此，我還是不想要加入其中。有種心中燈火熄滅的感覺。而春子只是靜靜站在我身邊，這對我來說有點感激。

接著終於日落，黑夜降臨。

那是個只有藍白月光讓人感到特別刺眼的夜晚。

我現在已經記不清楚為什麼會那樣做了。

回過神時，我已經站起身，腳步不穩地往海邊走去。

看著在天上閃耀、無比湛藍的月亮，看著淡淡浮現在海面上的「月光道路」，我想著，只要這樣朝月亮走過去，是不是就能見到已經過世的人。

「阿章？」

感覺聽見春子的聲音在背後響起。

在那之後，我跌進海中。

與其說「跌進」，更像是「被吸進去」的感覺。

夜晚的海中相當暗，分不清是上還是下，我陷入混亂，雖然拚命揮動手腳，但越掙扎，越搞不清楚自己現在的狀況。

千鈞一髮之際，是春子把我拉上岸。

「阿章，沒事吧！」

回過神時，只見春子泫然欲泣的臉在我面前大叫。

大概是因為跳下海救我，她從頭到腳全身溼透，海水滴滴答答從她身上滴落。大概是跳下海時被岩石劃傷了，即使在黑暗中，也能看見春子右眼上方正在流血。

這幅景象讓我僵住了。流出的鮮血喚醒當時的記憶，我想起失去重要之人的瞬間。

像要讓不知所措的我安心，春子咧嘴一笑：

「沒事、沒事，這沒什麼，別擔心。」

「但、但是，血……」

「這點小傷，馬上就會止住了。」

「怎、怎麼可能……」

「真的啦，別擔心。」

春子這樣說著，緊緊環抱住我。

滿滿的海水味中，聞到了那香甜、讓我安心，一如往昔春子的香氣。

「春子？」

「阿章……阿章，你不是一個人喔。」

「欸？」

「還有我。我答應你，絕對不會獨留你一個人。」

說完，春子笑了。

她沒有擦拭流下來的血，即使忍著痛也露出滿臉笑容，那是如春天般的笑容。

那時，我覺得我確實被春子拯救了。

為什麼那時我會朝著月亮走過去，我已經不記得了。

只是覺得，只要這樣做，就可以拿回已經失去的什麼，可以重新抓住從掌心滑落的什麼，等我發現時，已經採取行動了。

「已經過五年了啊……時間真的過很快呢。」

春子彷彿在細細回味著什麼，如此說著。

「是啊……」

這五年真的發生了很多事情。

在這個稚兒之淵被春子救贖，展開兩人的生活。

在鎌倉的新生活，並非一開始就全都相當順利。原本分開生活的兩個人，二十四小時都在同一個屋簷下生活，並不像字面上那麼簡單，也發生了很多狀況，偶爾也會大吵一架，也曾經三天沒說過一句話。

但是最後肯定會和好，一起歡笑。

這全部，和春子的回憶，是我無可取代的寶物。

「阿章，你記得嗎？第一次一起做漢堡排時的事情。」

「我當然記得啊，因為妳把漢堡排煎焦，都變黑炭了。」

「啊哈哈，是這樣嗎？」

「是啊，嚇我一大跳。我那時候才知道，原來妳不擅長做菜。」

「嗯～因為我試著要扮演能幹的女人嘛。」

漫無邊際的對話。

在別人聽來，應該是平凡無奇的內容，但對我和春子來說，每一個都是閃閃發亮、無可取代的寶石。只要挖出記憶這個藏寶箱，就有無數回憶，肯定可以說上好幾個小時吧。「家人」，就是這樣的存在。

但是，快樂的時光總會到尾聲。

我們的回憶終於講到一個段落了。

突然，春子像提到稀鬆平常的事情般說道：

「……阿章，對不起喔。」

「欸？」

「我……沒辦法遵守約定了，明明說過不會留你一個人的……」

她的口氣透露出她真的很抱歉。

這不是春子的錯──我忍住沒說出這句話。

那是誰的錯？是讓春子做出這種約定的我嗎？是通知死訊的死神嗎？是決定了這殘酷命運的神明嗎？

根本找不到答案。

春子對著沉默不語的我繼續說：

「……或許，這是處罰吧。」

「欸？」

「給曾經有過自私想法的我的處罰……所以我的未來才會被關上，無法實現最想實現的願望。而這成了牽掛，才會讓死神來找我。」

春子是在說什麼啊？

看見我露出詫異的表情，春子搖搖頭，自嘲地笑了。

接著，看著開始淡淡出現在空中的月亮，她輕聲低語：

「……那是和今天一樣，相當晴朗的春夜呢。姊姊他們來接到我家玩的阿章回家的路上。」

「……唔……」

我馬上發現春子在講哪件事。

那天的事情……她正打算說出我失去雙親那天的事情。

「目送你們離開時，我剛好看到時鐘，所以記得很清楚。那是晚上十點十二分。天上掛著幾乎讓人恐懼的藍色月亮，耀眼到不祥的月亮——被那個光芒吸引，我目送你們的車離開……」

「……」

在那次回家的路上……我們發生車禍。

我不太清楚原因，有人說是因為開車的爸爸左顧右盼的關係，也有人說因為那是很少人通行的山路，所以路況不好的關係。

唯一記得的是最後刺穿耳膜的剎車聲響徹雲霄的事情。

下一個瞬間，和衝擊一起，我的眼前一片黑。

再次睜開眼時，全身如針刺般疼痛。身邊飄散著汽油臭味，凹陷的護欄，翻倒而朝天的輕型汽車。坐在後座的我，似乎被夾在車體間。汽油像黑河般從車子流出，感覺隨時都會著火。我還以為自己會就這樣死掉，但當時，我感覺從某處傳來聲音。有人拉我的手，把我拖出車外。之後，輕型汽車在我眼前陷入火海。

在那之後的事情我記不太清楚。

不知何時，旁邊有很多人湊熱鬧，消防員、警察等許多大人聚集而來……再有意識時，我已躺在醫院病床上，雙眼紅腫的春子握著我的手。

「那時候啊……我握著醒過來的阿章的手，心裡這樣想著……」

春子說道：

「姊姊他們，阿章的雙親過世，我覺得很難過，這絕非虛假。心胸深處像被撕裂般疼痛，這是真的。但是……」

「但是，有點……只有一點點，覺得有點開心。」

「咦？」

一瞬間，我聽不懂春子在說什麼。

我看著春子的臉眨眼，她繼續對我說：

「我心中某處對此感到開心，對姊姊……你的雙親過世感到開心。對只有你平安無事感到開心。」

為什麼……我吞下這個問句。

因為春子的表情，太過悲傷了。

「這樣一來，我就能成為你真正的『家人』……可以成為你唯一的『家人』。雖然只有一瞬間，但我這樣想，忘了姊姊。」

「……」

「……我啊……或許在心裡某處恨著姊姊吧。不，就算不到憎恨，我也絕對嫉妒著姊姊。和身體不好、不能隨心所欲的我不同，姊姊什麼都有了。結了婚，也有小孩……明明那個人根本就不想要這些。」

她搖搖頭，像是要甩掉什麼。

「會收養你，或許也是因為想和姊姊一較高下吧。我一直很嫉妒姊姊……獨占了姊姊再也無法碰觸的阿章之後，我的心中肯定有哪裡產生了優越感……」

春子此時咬緊嘴唇繼續說道：

「……神明肯定沒有錯過這件事情，祂不願意原諒我。所以……這是處罰。給稍微希望了絕對不可以想的事情的我，必然的處罰。」

「什麼處罰，怎麼可能……」

怎麼可能有那種事？

但是我沒辦法把話說完。
我完全不覺得是什麼處罰，但是，我不知道要對春子說什麼。
春子繼續對在思考該說什麼的我說：
「因為，如果不是這樣，怎麼可能……」
「怎麼可能，連和阿章之間的回憶都不能留下。」

為什麼呢？
這句話嚴重動搖我的心。
我沒有打算忘記春子，就算她的「死亡」無可避免，我根本沒打算要連記憶中的她也一併消除。
明明是如此，她為什麼要這樣說呢？
彷彿在表示我會忘記她。
感覺無法言喻的不安如寒氣般湧上，這是什麼？我心中的什麼，對春子這句話產生激烈反應。
「……唔……」

我曾經有過相同的感覺。
重要、懷有好意、絕對不想要失去的存在。
那是……束手無策，只能任其從掌心滑落，在眼前裂成碎片的感覺。
我突然恐懼起來。
感覺身旁的空氣如黏土般黏在我的身上。
我，又要失去了嗎？
又要什麼都做不到，只能失去了嗎？失去不能失去，無可取代的東西。

「別擔心。」

聲音如鉛般斬斷空氣。
我的身體突然變輕。天降甘霖般的那個聲音，不可思議地溫暖，滲入我的心胸。
「望月同學，你什麼都不會失去。春子小姐，妳的願望會實現。我就是為此才會這樣回到這裡來。」
不知何時回到我們身邊的茅野，靜靜地如此說道。
「妳……」

春子注視著茅野一段時間後眨眨眼。
最後，像是發現了什麼似地輕輕點頭。
「啊啊，這樣啊，原來是這麼一回事……」
「……」
「我終於明白，也想起來了。謝謝妳……多虧有妳，我才可以消除最後的牽掛。可以把這段話留給阿章……」
說完後，春子轉頭看我。
用她無比清澈的眼睛，直直看著我：
「阿章，我就快要從你面前消失了。怎樣都無法避免這件事發生。但是，只有這點別忘記……」
她的眼神和這段話，深深刻在我的心胸上。
「你不是一個人。絕對不會在這個世界上變成獨自一人。我的、我們的思念，無論何時都陪伴著你，留在你的心中——我愛你。」
說完後，春子緊緊抱住我。

如同她過去曾對我做過的一樣，溫柔又溫暖，但也伴隨著這是最後一次的預感。瑞香的香氣，輕輕搔過我的鼻尖。

「這孩子……阿章就拜託你了，花織妹妹。」

她看著茅野，如此輕語。茅野帶著想哭的表情，用力點頭。

那是春子最後的一段話。

在那三天後……春子走了。

5

從遠處煙囪往上飄的白煙，彷彿春霞一般。

如幻影般蕩漾，不停不停往高處飄去。

那天，春子也像那樣升天了嗎？

春子有順利了結她的牽掛了嗎？

春子過世了。
過世、變成灰、回歸大地了。
但是，不僅如此。
春子死後……
——身邊的人們，誰也不記得春子。
家裡附近熟識的鄰居們、佐伯阿姨、醫院的人們，沒有任何一個人記得她。
「……這是怎麼一回事？」
我詢問靜靜站在我身邊的死神。
「為什麼會變成這樣？這樣一來，不就像是這個世界遺忘了春子的存在嗎……」
早已有徵兆了。
突然不再造訪的探病者，彷彿看著陌生人的佐伯阿姨，以及春子像是接受了這件事情的態度。
但我完全不知道其中意義，不知道春子身上發生了什麼事。
「……」

死神沉默著。

頭髮和制服裙子隨風飄蕩，她緊抿雙唇，看著遠方一段時間。

終於，像是強忍著什麼開口：

「……不知道是什麼時候開始，這世界上，開始出現被『遺忘』的人。」

「『遺忘』？」

「沒錯。當那個人的『死亡』逼近時，身邊的人會逐漸淡忘與那個人有關的記憶。淡忘、霧散，最後和『死亡』一起，被身邊的人完全遺忘──被『遺忘』的現象。」

茅野轉過頭來看我。

「被『遺忘』的人數絕不多，但確實存在。死神的工作，就是幫忙消除這些和『死亡』一起被『遺忘』的人們的牽掛。消除，使其昇華。我也不清楚詳細的組織，或是其中運作機制之類的事情，但是，就是這樣。」

「……」

「話說起來，『死亡』和『遺忘』本來就是相當相近的事情。人只要一死，就會逐漸被身邊的人遺忘……遲早會從全人類的心中消失。不管是物理上、概念上，都會從這世界徹底消失。這是會發生在每個人身上的事情。所以，或許是神明體貼，想要讓兩者的時間差變短吧。」

「這種事情……」

根本不是體貼。

只是偽善、獨善其身，單純的雞婆而已。

但是……但如果是這樣，我就能理解了。

雖然想對神明的體貼還什麼的咋舌，但至少我能理解到底發生什麼事情。

身邊沒有任何一個人記得春子這件事。

如果如茅野所說，這是因為春子被「遺忘」了。

只不過，這樣還是有件事不能理解。

「……但是我還記得。記得春子，記得她確實在這個世界存在過。」

沒錯，到現在，我的心中確實還有春子的回憶。

來參加我的教學參觀活動、在稚兒之淵救了我、一起做漢堡排，雖然吵架還是過著溫暖的每一天。

最後……緊緊抱住我，對我說我不是一個人。

這些回憶全都一個不缺地確實留在我心中。

為什麼——我沒有「遺忘」那些呢？

「這是因為你成為死神了。」

茅野如是說。

「欸？」

「死神啊，是可以記得被『遺忘』者的唯一存在。」

「可以記得被『遺忘』者？」

她輕輕點頭。

「沒錯。死神是最接近『死亡』和『遺忘』的存在，引導被『遺忘』者的存在。所以可以記得被『遺忘』者，也可以幫忙找回過去曾『遺忘』的回憶，這是規定。順帶一提，你問我為什麼我也不知道喔。因為似乎就是這樣。」

「……」

……我終於明白了。

如果只是要目送春子臨終，和她共度最後一段時光，沒有必要讓我變成死神。應該只要讓我陪在她身邊，聽她說話，目送她離去就足夠了。

但如果只是這樣，我就會忘記春子吧。

她的牽掛，「希望我記住她」的願望就沒辦法實現。

隨著她的「死亡」，我會「遺忘」春子這個存在，連「遺忘」本身都不記得，什麼都沒發現，悠悠哉哉地過完剩下的人生。

那麼，該怎樣做才能避免這種結局呢？
怎樣才能消除春子的牽掛呢？
答案只有一個。
「……茅野同學，謝謝妳。」
我說完後，她輕輕搖頭。
「我沒做什麼值得你感謝的事情，只是完成身為死神的職責而已。」
「即使如此，妳還是留下了我和春子的回憶，替我守住了她最重視的東西。」
這是不折不扣的事實。
——溫柔的死神。
這句話突然出現在我腦海中。
在我眼前的是，雖然我行我素而且嘴巴有點壞，但心地相當溫柔的……死神。
「我真的非常感謝這件事喔，我想春子肯定也是這樣想。」
「……」
我這句話讓茅野一瞬間緊閉雙唇。
我不知道這段沉默的時間內，她想了些什麼。
但她最後這樣說：

「才不是那樣，而且……」

「？」

「——而且，那也是我所期望的事情。」

我不知道最後這句話到底是什麼意思。

而她在此時，隱瞞了一件事情。

隱藏在她溫柔的謊言下，殘酷的死神的事實。

這將在之後成為折磨我的事情。

6

春子早已經安排好自己離開後的所有事情了。

她把房子的所有權人變更成我，也留了一點錢給我。為了讓我自己一個人也能在這個家裡生活，讓我可以好好念完大學，讓我往後也不需要困擾。

鄰居們一如往常很照顧我。

佐伯阿姨幾乎每天都會拿東西來給我，其他人也是只要見到面，就會滿臉笑容地打招呼，站著閒話家常。

但是在這之中，沒有春子的回憶。

沒有……她的溫柔笑容。

這件事，只有這件事讓我的心糾結。

突然，我聞到春夜的氣味。

香甜、溫柔，打動心胸的瑞香香氣。

春子的……氣味。

從那天起，春夜，成了我的特別之物。

☆

世界包裹在藍色中。

幾乎讓人頭昏目眩的，藍色光芒。

我立刻知道這是夢。

這個世界的界線模糊以及獨特的飄浮感，是夢境獨有的感覺。

最近常常作夢。

有人說夢境是潛意識或記憶的流露，如果是這樣，這是在我心中的什麼在傾訴著嗎？

在夢中，我抬頭看著無比湛藍的月亮。

彷彿只是看著就會被吸進去一樣的藍白月亮，月光直直灑落海面，做出一條鮮豔的「月光道路」。

——這叫做藍月喔。

她如是說。

一個月內有兩次滿月之時，第二次的滿月會被如此稱呼。有人說看見就會變幸福，或是會發生奇蹟，說在這個藍光下互許未來的兩人，將會永結同心。不知為什麼，她臉頰稍微泛紅，很仔細地向我說明。

那是全黑的水族館。

旁邊沒有其他人，安靜到耳朵都要發疼了。

但是，她在我身邊。

對沒有任何人能相信，孤獨的自己來說，她是少數能卸下心防的對象。

——欸，我們接吻吧？

她——月子稍微有點害臊地說著。

——在藍月下互許未來的兩人，就會得到奇蹟祝福，永結同心喔。

那或許是個年幼、膚淺的約定。

但那個約定，對當時的我們來說，確實是個無可取代的東西。

藍色月光下，兩個小小的剪影彼此交疊。

☾

死神與「遺忘」之間的關係無法切分開來。

一開始，她對我這樣說。

被世界選為死神的人，等同於會被「遺忘」。

不管是否希望，從被選為甲種死神的那一刻起，就會從身邊所有人的心中消失，變成透明的存在。

這是為了這個世界？還是為了被留下的人？或者是為了死神呢？

我不知道真相。

但是，就算知道了，我也不會改變選擇。

放在天秤上的兩個生命。

如果是為了要守護另一條生命，我能選擇的路只有一條。

我握住朝我伸出的手。

握住有雙溫柔眼睛，淚痣給人深刻印象的死神的手。

代替……在我身邊失去意識的他。

從那天起——我成了死神。

第二章　與海豚、與少女

0

飄散在身邊的海水味，讓我感覺心情平靜。

在燈光熄滅的昏暗空間中，嗅覺及聽覺比視覺更敏銳。

我喜歡這種彷彿沉入海底的感覺。閉上眼睛，就能感覺到海水味與和緩的水聲。隱約能聽見的細語聲，也覺得是從哪個遙遠世界而來的東西。

正當我想稍微沉浸在這和外界隔絕的靜謐且透明的氛圍中時……

「哇，好棒好棒，好多沙丁魚喔！」

不合時宜的開朗聲音，把我拉回現實。

我睜開眼，穿著制服的自稱死神——茅野，站在圓形的沙丁魚水槽前叫喊著。

「有大約一百隻左右嗎？快看快看！好像銀色龍捲風喔。感覺看起來好像——」

「？」

茅野停頓了一下之後，繼續說：

「——好好吃喔！」

「我就知道妳會這樣說。」

吐完嘈後，這個比起風情更加重視食欲的死神嘻嘻笑了。

「水族館啊，只要一來就會肚子餓，真傷腦筋。到處都是滿滿的美食，那裡有鯖魚、那邊是三線磯鱸，那個小銀綠鰭魚也很好吃啊。」

「妳意外地了解啊……」

知道小銀綠鰭魚好吃可不是普通了解呢。

「我覺得水族館附近有賣海鮮丼的店絕非偶然，絕對是故意的。」

茅野邊闡述這番理論，邊「嗯嗯」點頭。

我們現在在片瀨江之島站附近的水族館。

這是附近相當有名，位於海邊幹道上的大型水族館。

明明是平日傍晚，水族館內卻有許多人。因為地點關係，外來的觀光客似乎比當地居民還多。

至於說我為什麼會和茅野兩個人來這裡，這要回溯到一小時前。

「望月同學，一起回家吧。」

放學後的教室裡，我正在做回家準備時，茅野如此向我搭話。

「欸？」

出乎意料外的一句話，讓我頓時僵住。

因為，我已經找不到茅野向我搭話的理由了。

我以為死神的工作已經結束。

茅野挖角我當死神，是為了實現春子的願望……只是為了讓我別「遺忘」春子。我以為茅野之後也沒特別期待我幫忙她工作。

而我們之間沒了死神的連結後，我就找不到她找我說話的理由。

但是，沒有這回事。

「欸，你幹嘛一臉遇到強盜的表情？和同班同學說話有那麼奇怪嗎？」

「不，不是這樣……」

「太難過了，我覺得我和你已經是朋友了耶，原來你不這麼認為啊。嗚嗚嗚……」

還這樣裝哭給我看。

我不知道該怎麼回答，茅野繼續對我說：

「算了，這次是以死神身分對你搭話的——那麼，實習生，這次的工作在等著我們喔。」

就是這麼一回事。

看來，死神的工作似乎完全還沒結束。

更正確來說，茅野志得意滿地今後也打算把我當助手用。

「欸，你以為那樣就結束了嗎？太天真、太天真了，只要跨進這個業界，不被吸完最後一滴血可無法抽身呢。死神無論何時都人手不足，可沒有空閒讓你玩耍。」

據說是這樣。是黑道還是什麼嗎？

老實說，春子的事情，我很感謝茅野。所以，如果有我能幫上忙的事，我也不吝幫忙。但是……

「嗯～該怎麼稱呼望月同學才好呢？實習生又太直接，助手或是助理，叫華生之類的也不錯呢～」

但是，像這樣擺出我理所當然該幫忙的態度，會令我露出有點故意想作對的表情。

直接狂奔逃回家好了……想著這種事情時，綻放向日葵般笑容的茅野拉著我的手抵達的地方，就是這間水族館。

雖然我有點無法理解她對待我的方法，但這個目的地對我來說很幸運。

我從以前就喜歡水族館，只要有空就常常去。

妝點著沉穩藍色的寧靜空間，色彩鮮豔的各種魚類，海豹或海豚等動物的表演秀。

只是看著這些，就會讓我的心情不可思議地平靜下來。大概在這裡待一整天也不會膩吧。

「望月同學真是個魚痴啊。」

「妳這種說法……」

「欸，不喜歡嗎？那，魚偏執狂之類的呢？」

「算了……」

期待這個死神多體貼人一點的我是笨蛋。

雖然這樣說，但我也知道，她大概是刻意裝出這種行為舉止，讓氣氛變得開朗。春子過世後，才只過了一週。我的胸口深處出現與五年前相仿的空洞，就算知道不會失去和她之間的回憶，空洞也沒辦法立刻填滿吧。茅野非常了解這件事情。在我面前裝得我行我素，體貼我的部分也精妙得恰到好處。

我對這份體貼抱著若干感謝，但也覺得應該能有更好的說法吧，而有著些許不滿，帶著複雜的心情詢問到這裡來的目的：

「……然後呢，下一個工作的對象在這裡嗎？」

「嗯，對喔。指示手冊上是這樣寫的。」

「指示手冊？」

「嗯？對，上面寫著死神工作對象的事情。會寄到我家信箱裡，用郵政包裹。」

「郵政包裹？」

「對，郵政包裹。」

該怎麼說呢，死神是這麼平民的組織嗎？我原本想像是更神祕還是超凡的組織啊。但是，死神本人是這種樣子，也能想像其所屬組織是怎樣啦。

「根據上面所說，我們這一次負責的對象應該就在這裡。嗯，好像是女生……啊，在那邊！」

茅野喊出聲。

她的視線前方。

在色彩鮮豔的熱帶魚水槽前。

——站在那裡的，是背著小學書包的小女孩。

1

我不知該說什麼。

那個女孩，就是這次的對象嗎？

因為死神的工作對象代表著……近期將要死亡的人。

而且還不是單純的死亡，而是隨著死亡時間逼近，也會被身邊的人遺忘——借用茅野的話，他們是會被「遺忘」的對象。

她看起來，還只是個小學低年級的女孩啊。

當然也不是年紀越大越好，生命沒有優先順序，沒有哪一條性命失去也無所謂。但是，如果對象是個八十歲的老人，某種意義上來說，還能看開。這不是道理，而是感情問題。年紀那麼小的小孩，本來應該還有長久未來的小孩，竟然就快要死了。這麼殘酷的事實，讓我覺得心快要碎了。

在無法動彈的我面前，茅野走近那個女孩。

「妳好。」

「妳好？」
茅野搭話後，小女孩有禮貌地回應。從她打直腰桿，漂亮的打招呼姿勢來看，給人彬彬有禮的印象。
「姊姊，你們是誰？」
「這個嘛……我們是死神。」
茅野一如往常毫不拐彎抹角。應該可以有個開場白或是一步一步來吧？
「死神？」
果不其然，女孩露出驚訝的表情。
這也是當然。就算是大人，突然聽見死神這個詞，也不知道該擺出什麼表情才好，更別說是這麼小的女孩了，連她是否確實理解死神這個名詞都不確定。
「我跟妳說，死神就是啊，該怎麼說才好呢，就是帶領像妳這麼乖的好孩子到天堂去的工作。嗯，妳叫——」
「我叫幸。」
「對，小幸。我們啊，是為了要帶小幸去天堂而來的。妳聽得懂嗎？」
「去天堂……」
女孩——小幸聽到這句話後抿緊雙唇。

「小幸……要死掉了嗎？」

「……」

她是個聰明的孩子。

天堂這個詞，似乎讓她立刻明白自己接下來將會如何。

從她的口吻，茅野也發現糊弄她沒有意義吧，輕輕吐一口氣後，如此重新說明：

「……對，小幸再過一段時間之後就要死掉了。」

「……」

「死掉……然後會被身邊的人遺忘。雖然很悲傷，但我們無能為力。對不起……」

「……」

沉默一段時間後，小幸像是接受了什麼一般，抬起頭來。

「是……這樣啊……」

那是，雖然年紀這麼小，但仍清楚理解死亡是什麼的聲音。

我不知道，告訴她事實到底正不正確。

這應該也因對象不同而有所不同，有時可能別說比較好。但是至少像小幸這種正確理解自己際遇的對象，應該要好好說明才符合道理。

所以，茅野的選擇應該是正確的吧。不管那有多痛苦。

說：

　　茅野一瞬間露出又哭又笑的複雜表情，但立刻恢復原本的笑容，輕輕摸小幸的頭

「所以啊，在這之前，姊姊我們是來幫妳完成妳想做的事情。」

「想做的事情？」

「嗯，小幸有什麼想做的事情嗎？」

茅野說完後，小幸低下頭深思著什麼。

「嗯，像是想到某個老鼠的國度去當公主，或是想向初戀對象告白，或是想要盡情吃飯店的高級甜點之類的，現在立刻就想吃有小銀綠鰭魚生魚片的海鮮丼也可以喔！這個哥哥會盡全力實現妳所有願望。」

「又是我啊！」

而且後面那兩個明顯就是茅野自己的欲望吧。

「欸，望月同學不願意嗎？連這麼小的女孩的小小願望也不願意聽……你不是魔鬼就是惡魔！」

「不，那個我是願意做啦……」

死神沒資格說我。

「哥哥這樣說耶，太好了呢～妳可以盡情使喚這個哥哥喔。」

「……」

我雖然同意她說出的內容，但該怎麼說呢，感到無法言喻的不講理，是因為我的肚量太狹小嗎？

雖是這樣說，年紀小小的女孩用純真的眼睛抬頭看著我開口：

「哥哥你們……願意幫忙我完成我想做的事情嗎？」

在聽到這種話的日子，我也只能投降了。

茅野在我身邊滿足地嘻皮笑臉，讓我相當不爽。

我蹲下身，視線等高看著小幸的眼睛，接著說：

「嗯，對喔。只要是我們能辦到的事情都會幫，所以，小幸如果有想做的事情，就說說看吧。」

「那個啊，我啊……」

小幸直直看著我們的眼睛。

接著，手指在胸前轉來轉去，有點不好意思地開口：

「那我……想要做海豚的布偶。」

這時，我感覺到這個女孩——小幸似乎已經有什麼預感了。

一種抱著和自己共通的什麼的，不明確的直覺。

這種感覺，後來也成真了。

偏偏就是這種不猜中也無所謂、不好的預感——世界會接受啊。

而因為她，我也面臨了得面對自己過去的狀況。

2

小幸是念鎌倉市內小學的三年級學生。

似乎住在鶴岡八幡宮附近，名為歧路這個三岔路前方的公寓裡，家人只有母親一人。她說從有記憶以來就沒見過父親，不知道是過世了還是離婚，也就是所謂單親媽媽的單親家庭。

「我媽媽很喜歡海豚。」

小幸眼睛閃閃發光地說道。

「所以我想要做一個海豚的布偶給媽媽，因為媽媽的生日快要到了。可以……

嗎？」

她最後越說越小聲。

像在察言觀色的表情。

「嗯、嗯，當然可以啊！話說回來，小幸好可愛喔。我真想要帶回家當我們家的小孩。」

那可是犯罪行為啊。

但先別說那個了，幫小幸實現願望這件事，我也沒有異議。如果這是她的願望，只是一、兩個布偶，我也很樂意幫忙。

只不過，這有兩個問題。

首先，我和茅野都沒有做過布偶。

手工藝方面，我頂多在家政課上做過基本的事情而已，茅野也差不多。但是，關於這件事，現在是網路上充斥各種資訊的時代，幸好只要拿起手機馬上就能搜尋到。

讓我更頭痛的，反倒是另一個問題。

海豚布偶這種東西可不是一朝一夕就能完成。搜尋後得知，至少得花上一週時間。

也就是說在這段時間內，得有個能讓我們持續作業的場所。提出的候補地點中……

「果然還是望月同學家吧。」

看見茅野用「別無可選」的氣勢說著，我感到相當絕望。

在我家做布偶本身是沒有關係。雖然不大，但至少是獨棟房子，而且現在只有我一個人住，也有空間，麻煩的是這些成員。

過度引人矚目的同班同學和小學女生。

我住的地方本來就是相當狹小的社區，要是帶這些滿滿可疑之處的成員進我家，傳出負面謠言，隔天起絕對會造成和鄰居往來的障礙。我也有在鄰里間得維持的立場啊。

「欸～但沒其他地方了啊。要是在小幸家做，就會被她媽媽發現啊。」

「是這樣說沒錯……那妳家呢？」

「啊，望月同學是那種馬上就想跑進女生房間的人嗎？女生的房間可是很敏感的耶。你就這麼想要跑進我的房間裡到處聞個過癮後，還跳上我的床滾來滾去的話，我也不是不能……」

「……好啦，在我家就好了。」

除了這麼回答外，我還能有什麼選項呢？如果有其他選項，還請告訴我。

就這樣，將近蠶食鯨吞的感覺，我家就變成工作室了。

「喔喔，這裡就是望月同學家啊。」

一帶她們到我家，茅野立刻興奮地大叫。

「真不愧是鎌倉，真有風情呢。你現在還是在書櫃後方，藏著刊載著那些孩子們初生之姿模樣的照片的書嗎？」

「什麼？」

「藏著《世界魚類大全》！」

「妳為什麼會知道啊？」

「呵呵呵，我就說了你可別小看死神的情報網啊。」

死神是那個嗎？跟蹤狂還是什麼嗎？

「打擾了。」

和強行進入我家的茅野完全相反，小幸有禮貌地打招呼完後踩進玄關，脫掉鞋子之後也確實把鞋尖朝大門擺好，和隨便亂脫鞋的某個死神完全不同。

我想把客廳當成我們的工作室，用力拉住非常想要偷看我房間的茅野，帶她們兩人到客廳去。

接著，原本讓我感覺有點黑白色調般的客廳，頓時染上色彩。

一種缺少的拼圖「喀嚓」一聲拼上缺角的感覺。這麼說來，自從春子過世後，還是第一次有其他人走進這個客廳。

突然，我想像著，如果春子還在世，現在會怎樣呢？依她的個性，肯定會因為這些奇怪的訪客而戲弄我，卻也滿臉笑容地歡迎她們。腦中浮現這幅景象，令我的胸口感到些許疼痛。

「那麼，接下來就讓我們開始做海豚布偶，但是……因為這是禮物，所以我們終究只能幫忙，主要製作的人還是小幸，這樣可以嗎？」

茅野如此確認後，小幸輕輕點頭說：「好。」

順帶一提，海豚布偶的作法如下：

從網路下載版型，把它畫到毛氈布上後剪下來，接著縫接起來。縫到一定程度之後，再塞棉花進去。把剩下的部分也縫合起來後，再裝上眼睛。

該做的事情相當明確，但所有人都沒有經驗，所以難度感覺很高。

「版型用最普通的這種可以嗎？」

「嗯，我覺得用這種就好了，小幸怎麼想？」

「啊，好，這種就可以了。」

「咦，但是這個要從哪裡下載啊？望月同學，你知道嗎？」

「這個嘛，大概是……」

結果，第一天下載了版型，確認接下來的作業步驟之後就結束了。

因為茅野說要順路送小幸回家，我也送她們到半途。

附近已經完全日落，夜幕垂下。天空有一點陰，雲層間隱約可以看見變成絲線的月亮。鎌倉是治安相對較好的城市，即使如此，在這種夜色中讓女生自己回家，我也覺得過意不去。

「弄得滿晚的耶，小幸，沒問題嗎？妳媽媽不會擔心嗎？」

「啊，嗯，沒有問題。媽媽工作很忙，所以很晚才會回家。」

「這樣啊。」

小幸點點頭說：「就是這樣。」

「小幸不寂寞嗎？」

「……小事一樁。媽媽是為了我去工作，所以我不可以任性。」

說完後，她笑著像在壓抑什麼。這不是會出自小學三年級學生口中的話。

雖然只是今天和她共度一天內知道的事情，便知道她年紀雖小卻相當成熟。

與其說是成熟……更該說她太聽話了。不管說什麼，她完全不會說出任性的話或是不滿，彷彿放棄了許多事情般。

感覺從那張像戴上面具的笑容背後，可以窺見這孩子至今過著怎樣的生活。肯定把許多寂寞及痛苦的事情蓋上蓋子，用笑容蒙混過去吧。一想到這裡，就讓我感到苦悶。

「啊，到這邊就可以了，我家就在那邊。」

走到歧路這邊後，小幸如此表示。

道路那頭的公寓應該就是她家吧，要是送她到家旁邊，讓附近的人覺得奇怪也麻煩，所以我們就在此道別。

「姊姊、哥哥，謝謝你們。再見。」

小幸鞠躬道謝後，啪噠啪噠地跑回家。

確認她的背影走進公寓大門後，我轉過去看茅野，茅野也看著我。

「小幸真的是個好孩子呢。」

「嗯。」

「直率、開朗，聰明又小小一隻，一百分呢。」

茅野說完後，慢慢邁出腳步，我也跟在她背後。

不知何時，雲層散開，月亮露出身影。雖然如絲線般，還是夠亮足以照亮夜路，銀光粒子落在我們身邊。

「……死神的工作啊，也很常得面對那麼小的小孩。」

茅野說道。

「比起長壽的人，還是小孩子有更多想做的事情，實際上也應該能做到的事情吧。有許多人都有著需要死神出手幫忙的牽掛。」

「……」

是這樣嗎？

才參與死神工作第二次的我不太了解，但從茅野的口氣中，可以得知她到目前為止面對了許多和小幸一樣的小朋友，她對這件事情相當痛心。

「呼~前一次也是，接連接到痛苦的案子啊。對不起喔，把你捲進來。」

「別這樣說，才沒這回事，而且說起來，我沒覺得我是被捲進來的。」

春子那件事，我也是當事人。因為茅野來挖角我當死神，我才能不「遺忘」春子。不管說幾次都行，我真的打從心裡感謝這件事。

而且，死神的工作。

像小幸這樣，像春子這樣……幫忙即將要死的人，要被「遺忘」的人消除他們的牽掛。

雖然我也不知道我這種人可以做到什麼，但如果有人尋求我的協助，我想要幫上忙。

「……望月同學，你人真好。」

茅野小聲如此說著。

「真的是個好人，好到讓人覺得耀眼，我明明……就很狡猾。」

感覺這句話裡沒有任何以往那種捉弄我的要素，是她的真心話。但因為太害臊了，所以我裝作沒有聽見。

「時間這麼晚了，妳沒有關係嗎？」

「什麼？」

「妳看，要是妳太晚回家，家人可能會擔心之類的……」

我為了轉換話題才問這個問題，茅野卻回答：

「啊～那完全不需要擔心，我現在自己一個人住。」

「自己住？」

「嗯，對。哎呀，發生很多事情啦。」

我沒辦法繼續問下去。

這種年紀自己一個人住，包含我在內，肯定都是家裡多少發生了什麼問題造成的結果。是死別、雙親離婚，或者是這以外的原因。無論如何，都不是可以隨便碰觸的問題。

為了尋找下一句話，我腦袋冒出來的，是不能再更老掉牙的話：

「妳住在哪裡啊？」

「欸～你問這要幹嘛？啊，該不會是聽到我一個人住，打算送我回家後變成大野狼吧。」

「我根本連想也沒想過。」

「馬上完美否定我，這也讓我很傷心耶～」

真麻煩。

「……先別說大野狼，如果太遠的話，不送妳回去不行啊。」

「嗯？所以你是在意我囉？」

她捉弄我似地咧嘴而笑，由下而上看著我的臉。

看見她這樣，讓我想要扳回一城。

「這當然啊，妳也是個女孩子耶。」

「……唔……」

令人意外地，茅野對這句話產生反應。

她嘴巴扭來扭去，像說了什麼之後，把臉轉過去。

「你還是一樣，只有在奇怪的地方會把我當女生，太狡詐了……」

「妳說什麼?」

「……沒有,沒說什麼。」

說完後,她又轉回來看我。

那張表情已經回復一如往昔的茅野了。

「啊,你看,月亮好漂亮。」

聽她這麼說,我抬頭看,無比湛藍的月亮飄浮在空中。湛藍、柔軟、閃耀鮮豔光輝的月亮。啊啊,這是叫做什麼啊?我記得是——

「藍月。」

茅野簡短說道。

「一個月裡有兩次滿月的時候,第二次滿月會被如此稱呼呢。聽說有看到就會得到幸福、藍月的夜晚會發生奇蹟的說法。但話說回來,這還不是藍月呢。真正的藍月似乎在兩個月之後。」

「欸,是這樣啊——」

就在我打算如此回答之時。

『在藍月下互許未來的兩人,就會得到奇蹟祝福,永結同心喔。』

這個聲音突然出現在我腦海中又消失。

剛剛那是什麼？

一瞬間發生的事，讓我搞不清楚狀況。只不過，看著那像是要逐步逼近的藍月，不知為何，我變得很不平靜。

為了揮去心中的煩躁感，我重新轉過去看茅野。

「然後呢，送妳回家的事情……」

「嗯，不用沒關係。我家離這裡沒有很遠，可以自己回家。」

「這樣啊。」

「嗯，但是謝謝你擔心我，那拜拜，明天見。」

擺出敬禮的姿勢後，茅野轉了個身，擺動著裙襬消失在黑暗中。

那個身影，與其說是死神，更讓我覺得像是隻妖精。

3

隔天起，我們三個人正式開始著手做海豚布偶。

只要一放學，茅野就會來找我一起回家。

途中和小幸會合，需要什麼東西就先去買完後，接著朝我家前進。
這天，進行把版型畫到毛氈布上，接著剪下來的步驟。
「嗯，似乎要把海豚的形狀畫到毛氈布上，然後用裁縫剪刀剪下來呢，稍微試試看吧，望月同學來做。」
「所以說為什麼是我啊？女生比較擅長這種事吧，妳來做啦。」
「生氣，望月同學是那種有『縫紉是女生擅長的領域』偏見的人啊？是結婚之後會變成大男人主義的人啦。」
「才沒有那麼嚴重，只是覺得妳看起來手很巧。」
「真是的～真拿你沒辦法啊。」
茅野說著，拿起裁縫剪刀和毛氈布。她剪下來的形狀，與其說是海豚，更像是翻車魚。由此可證她看似手巧，其實相當笨拙。茅野拿著剪下來的翻車魚，臉鼓得和河豚沒兩樣，小幸客氣地笑了出來。
隔天，進行把剪下的版型縫接起來的步驟。
照著設計圖將毛氈布的位置對準，用針線從邊邊開始縫接，這個步驟主要由小幸負責。
「對準嘴巴部分的起始位置之後，接下來就朝著背部方向縫過去……」

「沒問題嗎？一開始比較困難，我來幫忙吧？」

「啊，沒有問題。那個，如果有怎樣都做不到的地方，就要麻煩你們幫忙，但是我想要盡量自己做，要不然，就稱不上是禮物了……」

「這樣啊。」

既然小幸都這樣說了，我們也決定貫徹輔佐的角色。

雖是這樣說，但縫接以外的雜事意外地多，我們就這樣過著每天被工作追著跑的日子。

而工作時間增加，必然代表我們三個人一起共度的時間也增加了。

在工作空檔一起吃飯、看電視、看書，彼此說著在學校裡發生了什麼事情。

「然後啊，我嚇了一大跳。因為望月同學竟然慢慢開口對水槽中的甘氏巨螯蟹說話……」

「等一下，現在有必要說出這件事嗎？」

「欸~可是是真的啊。」

「是這樣沒有錯啦……」

「哥哥和魚是好朋友呢。」

雖然幾乎都是茅野在說話。

小幸本來相當客氣，不太說話，隨著我們共度的時光變長，也漸漸和我們打成一片，雖然還不多話，但也開始說起自己的事情了。

「我今天在學校裡翻單槓，雖然一開始失敗了很多次，但最後總算是成功了。」

「營養午餐是咖哩，因為大家都喜歡，男生搶成一團，超混亂的。」

「啊哈哈，哥哥，好好笑喔。」

這讓我有種像是「家人」……這或許有點說過頭了，但是段相當溫柔的時光。

我不知道茅野怎麼想，我不太有和三個以上家人相處的經驗。雙親還在世時，我幾乎都自己一個人看家；雙親過世後，我和春子也是兩個人一起住；而現在如字面所示，自己獨居。所以就算像這樣稀鬆平常的家人團聚，我也幾乎是第一次體驗。習慣之前也是不知所措，有點緊張。

而從這些互動中，我知道小幸絕對不是成熟、懂事的小孩。她基本上是個性直率、仔細聽人說話的好孩子，但在那之下，也是個與她年紀相當，非常普通的小學女生。發生開心的事情就會天真地笑，發生討厭的事情也會露出悲傷表情，偶爾也會因為一點小事鬧彆扭。

是隨處可見的九歲女生。

只不過，不知該說「果不其然」還是什麼……小幸似乎幾乎沒有和母親共度的時光。

曾發生過這樣的事情。

那是在工作的空檔，做點輕食時的事。

「這是什麼？」

「這是蛋包飯喔，雖然做得不太好啦……」

我說完後，小幸微微歪頭。

「沒吃過蛋包飯嗎？」

「啊，嗯……」

小幸結結巴巴地，像要粉飾什麼說著：

「那個，因為，媽媽很忙……所以我總是吃媽媽買回來放著的冷凍食品或是即食品。」

「這樣啊……」

此外，她偶爾也會露出相當寂寞的眼神，我也曾看過她穿著脫線的衣服。雖然每件事情都不是什麼大事，但有好幾個讓我覺得奇怪之處。

從單親家庭這點來看，或許是無可奈何。

但是不知道為什麼，我稍微有點在意。

製作布偶第四天。

那天工作告一段落後，我們三個人決定一起去水族館。

目的是海豚表演秀。為了稍微提升海豚布偶的完成度，所以要去看真正的海豚。

表演秀是在被稱為「表演場」的主水池舉行。

那個半戶外的空間沒有屋頂，可以看見遠處的江之島。

「這邊就可以了吧……」

我們坐在最前排的位置。

雖然偶爾會有水花飛來，但有臨場感，是很搶手的位置。

「可能會稍微被弄溼，可以嗎？」

「嗯，小事一樁。」

「茅野同學呢……」

「難得可以坐在最前排，弄溼了才舒服啦！」

某種意義上來說，兩人的回答都如我預料。

接著，目標的海豚表演終於開始了。

由九隻海豚帶來的熱鬧饗宴。

我很喜歡海豚表演秀，更正確來說，我很喜歡海豚。水族館中，牠肯定是我喜愛排行榜上前三名的動物。

其實，關於這點，我有個不為人知的驕傲。

「那個啊，那邊有一隻額頭白白的海豚，對吧？」

「對。」

「其實那隻海豚的名字是我取的。」

「欸，是真的嗎！」

「嗯，牠的名字叫做多拉特。」

幾年前，水族館公開徵求為海豚命名，我報名之後，很幸運被選上了。自那時起我就對牠產生了感情，只要來水族館，肯定會來看海豚表演。

「原來是這樣啊，那哥哥就是為那隻海豚命名的爸爸呢。哥哥，你好厲害喔！」

小幸眼睛閃閃發亮地這麼對我說。聽她天真地這樣說，感覺真不壞。

——這麼說來，過去似乎也有人對我這麼說過。

突然想起這種事情。雖然記得不是很清楚，但那應該是一年前左右的事情吧。就是在這間水族館裡看海豚時，剛好也在場的同校女生對我說的。『那麼，你就是幫那孩子命名的爸爸呢。』我也不清楚為什麼時至今日會突然想起那時的事情，大概是小幸問與海豚有關的事時的表情，和那個女生很像吧。

「……」

突然，我發現隔壁出奇安靜。

前一刻還吵吵鬧鬧的死神，難得閉上嘴巴，不發一語。

「茅野同學？」

「……欸？」

「怎麼了嗎？突然變這麼安靜，身體不舒服嗎？」

我問她後，她慌張地搖頭。

「啊，沒有，不是那樣。與其說沒什麼，倒不如說是你突然講到海豚名字的事情，讓我嚇了一跳。」

連遲鈍的我也知道，這段話是在遮掩著什麼。

她剛剛的表情是什麼？像是想要說什麼、忍耐著什麼一樣……

雖然很在意，卻沒辦法繼續追問。因為我們之間的關係，還沒有親密到可以再更進一步追問。

視野角落的水池中，海豚們邊濺起水花，邊跳過圈圈。

「……其實，海豚總共有十隻啊。」
茅野如此小聲低喃，但我沒有聽清楚。

「真的好開心喔！」
看完海豚表演之後，小幸興奮地說著。
「海豚好多隻，好震撼喔。水花還潑到這邊來耶……」
「那個跳火圈的表演，真的好精彩喔。」
「對！我一直擔心海豚們到底有沒有辦法跳過去，心臟跳個不停。」
她緊握雙手，興奮大叫。
感覺這是我第一次看見小幸表露出如此開心的笑容。
「小幸，妳這麼喜歡海豚表演啊？」
我回問後，小幸開心地露出笑容：
「那個啊，以前，媽媽曾經帶我來這裡。」
「是喔？」
「對，我上小學前。她牽著我的手，帶我看了好多魚，最後帶我來這個表演場。那是無比開心、快樂的時光。所以不管是海豚還是海豚表演，我都好喜歡。」

彷彿想起當時的事情，她露出燦爛表情。

但是她的表情，如逐漸下山的太陽般染上陰影。

「……但是最近，媽媽不常對我笑。」

「小幸……」

「是因為工作很累嗎……所以我才想要送海豚布偶給媽媽，希望她可以露出笑容。」

那張無精打采的表情，我至今從未見過。

讓人感覺「這孩子真的很喜歡媽媽耶」也讓我有一點羨慕。

「小幸喜歡媽媽嗎？」

「嗯，喜歡！」

毫不迷惘的回答。

但是，我們將會知道。

——小幸的真實。

4

製作布偶第五天。

那天或許有點過度專注了。

大概因為製作過程進入佳境，終於來到塞棉花、全部縫起來的步驟，不小心過度專注，努力過頭了。

也不知道什麼時候睡著的。

發現時，已經是早上。

窗外射進的刺眼光線喚醒了我，拿起手機確認時間，六點半。茅野和小幸就在我身邊要好地抱在一起，呼呼睡得香甜。她們倆的身影從旁看相當自然，就像是親生姊妹一樣……我呆呆想著這種事情時，才終於發現現狀。

茅野和小幸睡在這裡這件事。

我慌慌張張搖醒兩人。

「唔唔……望月同學……不乖乖握手不行喔……」

是夢到什麼啊？

「快點起床啦，小幸也是。」

「……咦？為什麼阿章在這裡？夜間私會？早安親親……」

「……不是這樣啦。」

我對著睡眼惺忪的茅野說明現狀。

「哎呀，搞砸了。早上才回家……」

大概是終於理解現狀了吧，茅野手摸著額頭如此嘆氣。不只是茅野，要是再不讓小幸回家可就糟糕了。

而小幸本人，似乎還沒發現狀況有多糟糕，揉著睡眼，呆呆地抬頭看著我們。

「……總之，馬上帶小幸回家去道歉才行。」

「呃，這就不用了吧。只要送她到家裡附近，然後讓她偷偷回家就……」

「不可以這樣啦，再怎麼說我們都讓這麼小的女生徹夜未歸耶，得負起責任，好好說明並道歉才行。」

「這麼說……也是啦。」

茅野難得這樣吞吞吐吐，在這種時候，她明明就比較像會說出：「別擔心，我會幫你當證人，說你喜歡的是波霸而不是小蘿莉啦！」之類的話，然後跑出去的啊。

茅野肯定已經知道了吧。

我們去小幸家後，即將看到的事情。

小幸家，就位於我們之前送她回家的公寓三樓。

離電梯最遠的邊間，門牌上寫著「櫻井」。向小幸確認「是這裡沒錯嗎？」她有點不清不楚地點頭。

按下門鈴後，立刻有人應門。

聽見啪噠啪噠的腳步聲，一個還年輕的女人走出來，她和小幸長得很像，一看就知道她們是母女。

「那個，不好意思，呃，我們是小幸的朋友……」

雖然知道不管找什麼藉口都很奇怪，但至少得誠心誠意說明才行。因為想要避免她報警，或禁止我們之後再和小幸見面。

「我們是同一間小學畢業的，幫她做學校的作業。因為太認真了，那個，所以才會搞得這麼晚……」

雖是如此，稍微說點謊也是沒辦法的。要做禮物給媽媽是祕密，而且說起來，死神什麼的，她也不可能相信，充其量只會讓她覺得我們腦袋有問題。

「……」

她的母親沒有反應。

只是靜靜地，用看不出感情的眼睛盯著我們看。

她的態度讓我覺得不太對勁。

明明是自己的女兒，卻像是陌生人……

「……」

該不會是已經開始「遺忘」了吧？

茅野曾說過，開始「遺忘」的時期因人而異，有「死亡」前五分鐘開始的人，也有好幾年前就開始的人。我沒聽說小幸什麼時候過世，依時期來看，她已經被遺忘也不是不可能。

——如果是這樣，不知道該有多好。

如果她母親的反應是因為「遺忘」，大概還能多少有所救贖吧。

但是，我立刻發現了事情並非如此。

小幸母親的眼睛。

那不是看著陌生人的眼神。

不是看著陌生人，而是看著完全沒興趣的人的眼神。

「唔……」

我應該要發現的。

應該要更早察覺才對。

幾乎沒一同共度時光的母親。

不太對她笑、不太理會她的傾訴。

不是其他人，而是只有我應該最為清楚。

沒錯，小幸母親現在看著小幸的眼神，並非「遺忘」她的眼神。

而是比那更加殘酷的眼神。

和那相似的眼神，我曾經看過。

——冷漠。

那是比被遺忘、被討厭，還要更加、更加殘酷的東西。

打量我們一段時間後，她母親一句話都沒說就走回房間裡。

小幸也慌慌張張追在後面走進屋內。

她途中轉過頭來看著我們說：

「……對不起，我想，媽媽應該是累了。」

「小幸……」

「那個，距離我去天堂的時間越近，我越會被忘掉，對不對？媽媽已經忘記小幸了嗎……」

她說著，露出傷腦筋的笑容。

看見小幸的表情，我一句話也說不出來。

離開公寓後，太陽已經完全昇起。

四周的景色染成一片白，行道樹的深色影子落在地面上。在熱辣的強烈日晒照射下，顯示夏天的腳步逼近。

「妳……已經知道了嗎？」

「……嗯。」

我一問，茅野有點猶豫地點頭。

「……指示手冊上也會載明這類事情，而且，工作對象大多都和負責的死神有類似境遇和牽掛啦，所以……」

「……這樣啊。」

所以茅野才想要避免直接和她母親見面啊。

大概是，為了我。

死神的情報網似乎相當優秀，肯定連這種事情都調查完畢了。

我吐出一口氣，仰頭看天空，原來如此，這份顧慮很正確。

——因為，我的母親就和小幸的母親一模一樣。

對自己的小孩不感興趣，很冷漠。

雖然不清楚詳細狀況，但至少就對我沒興趣這點是相同的。

……從有記憶以來，我就覺得奇怪。母親忙於工作幾乎不在家，假日時也幾乎沒帶我一起去哪裡玩過，也從沒親手做過什麼東西給我吃，沒來參加過一次教學參觀，從沒對我露出溫暖笑容。若要舉例，舉也舉不完。我和小幸感受到的事情相同，但我比她更早就看破一切，已經放棄了。

父親也是類似類型的人。雖不至於到對我毫無興趣，但他最在意的是工作和妻子。偶爾會和我說話、想到時也會帶我去哪裡，但我想，他直到最後，都沒摘下名為「義務感」的面具。

話說回來，我是之後才知道原來雙親根本不想要小孩。只是剛好懷孕，所以生下我而已。即使如此，他們沒有虐待我，也沒放棄養育小孩，讓我在經濟寬裕的環境中長大，這令我感激。就算其中沒有愛情，他們為我做的事情也是鐵錚錚的事實。

雖然這麼說，但如果說我心中從來沒想過從母親身上尋找愛情，那絕對是謊言。雖然看破、裝作已經放棄，但也沒從我心底深處徹底消失過。即使如此，我能努力活到今天，肯定是我心靈有依靠——因為有春子他們陪著我。

但是，小幸身邊沒有春子他們。

她沒有代替母親給她愛情、關心她的人。

「……」

無邊無際的蒼穹，晴朗無雲，天空的高度無謂凸顯出我們的無力。

小幸的媽媽肯定也不是如此期望才那樣做的吧。

應該不是心甘情願對女兒擺出那樣的態度吧。

但是，這世界確實存在著。

存在著因為什麼原因，對自己的孩子失去所有興趣的父母。

「即使如此，小幸還是要為了媽媽做海豚布偶啊……」

即將迎接死期的女孩，選擇的最後一個願望。

那就是送禮物給完全不在意自己的母親，這也太諷刺了。

「小幸，還會繼續做布偶嗎？」

「誰知道呢，但是，我想要尊重她的想法。如果她想放棄，我會順著她；如果她想繼續，就是跟先前一樣幫她。」

「……嗯，我就知道你會這麼說。」

茅野直直看著我的臉說道。

「因為你喜歡小蘿莉啊。」

「是啊，沒——喂，才不是！」

「欸，不是嗎？啊，對喔，你是喜歡波霸嘛。」

「那也不對！我比較喜歡普通大小——喂，妳是讓我說什麼啊！」

「啊哈哈。」

茅野笑著，彷彿沒發生過任何事。

但我知道這是她的體貼。沒錯，她總是對身邊的人露出我們遙不可及的體貼。

從天而降的日光，無比地白色炫目。

5

隔天。

小幸一如往常站在會合地點。

「昨天很對不起，今天起也請多多幫忙。」

她說完後，輕輕一笑。

所以，我們也不提昨天發生的事情。

這件事情就算我們現在再怎樣吵鬧也無能為力。而且如果簡簡單單就能做些什麼，就不會發展成這樣了。既然如此，只要小幸本人不希望，我覺得也不需要翻出來說。

海豚布偶，已經完成八成了。

往身體裡塞棉花的步驟在前天也幾乎結束了，接下來只需要把剩下的地方縫起來，裝上眼睛，大概今天或明天就能完成吧。

「海豚已經完成大半了呢。」

小幸開心地說著，繼續剩下的工作。

但是，做完海豚布偶，消除她的牽掛之後，也就表示……那天將近了。

「那個，姊姊、哥哥。」

「？」

「嗯？」

「……被遺忘之後，人會變成怎樣？」

小幸選著要用哪一種眼睛，脫口而出。

「被遺忘之後，就等於沒有存在過，對吧？不管是誰，連媽媽也不會對我說話、對我笑。但那和現在有什麼差別？現在的我也……」

「那是……」

我們無法回答這個問題。

「……對不起，當我什麼都沒說。」

小幸說完後，繼續手上工作。

那天，沒有辦法完成最後的工作。

布偶是在隔天完成的。

「——做好了！」

小幸小聲叫著。

露出開心表情的小幸將綁上粉紅色緞帶的海豚布偶抱滿懷。

「小幸，太好了！」

「對！」

茅野這麼說著，摸摸她的頭，她有禮地回答。

「那個，姊姊、哥哥。」

「？」

「因為有姊姊和哥哥，我才能做好海豚布偶，真的很謝謝你們。」

她說完後，深深一鞠躬。

「沒什麼，不用道謝啦。」

「對啊，望月同學是因為喜歡才這麼做的啊。」

「妳那種說法讓人有點在意耶。」

「欸～我又沒有說你喜歡小蘿莉。」

「妳這不就說了嘛！」

看見我們的對話，小幸呵呵笑了。

但是，她的笑容立刻染上陰影，如此低喃：

「……我一直覺得很不可思議，為什麼媽媽不肯對我笑。別人家的媽媽，放假都會一起去哪裡玩，或是出去吃飯，但為什麼我媽媽沒有這樣做呢，我一直都這麼想。」

「……」

「我一直覺得因為我做壞事、因為我不是好孩子，所以才會這樣。我根本不知道什麼是家人，但是……」

她輕輕抬頭。

「只要我把這個海豚布偶送給媽媽，她就會再對我笑了，對吧？像以前一樣對我笑，不會再把我當作不存在……對吧？」

「那個……」

我沒有辦法回答這個問題。不，正確來說，我知道這個答案。但是，我也知道那不是小幸期待的答案。

之所以不說出口，肯定是因為我的心底深處有哪裡期望著吧。

或許會出現什麼變化，或許她的母親能收到她的心意，稍微多把注意力放在小幸身上。

我自己肯定想要相信會如此吧，因為我自己到最後都沒能實現這個願望。

所以，才會希望她得到回報也說不定。

「我們也陪妳去。」

「欸？」

「陪妳去把海豚布偶給媽媽。雖然不知道妳媽媽會不會收下，會不會對妳笑……但是，我們陪在妳身邊，就在旁邊守護妳。」

「哥哥……」

我摸摸仰望我的小幸的頭。

不管有怎樣的結果等著，希望起碼有我們支持小幸。

「謝謝，如果哥哥你們願意陪我，我會覺得很踏實……」

說完後，小幸笑了。

但是，這世界到底能有多殘酷啊。

6

柏油路反射著炙人的白光。

被路面出現的蜃影遮掩，隱約浮上來的公寓，有種不真實，如白日夢般的感覺。

抵達先前曾造訪過的三樓邊間，裡頭立刻傳來回應。

與「來了～」的聲音響起的同時，門打開了，女性走了出來。
那是以前曾見過面的小幸媽媽。
身邊的小幸，緊張到全身發抖。
「那、那個……這個……」
像在窺探母親的反應，小幸遞出海豚布偶。
母親沒有回應。
果然是回以名為「冷漠」的拒絕嗎？她又會用在看路邊石頭的眼神推開小幸嗎？小幸的表情比石頭還僵硬。
那之後過了多久呢？
大概一分鐘也不到吧，卻讓人覺得過了半小時，甚至是一小時。
她回應的是出乎意料外的回答。

「——哎呀，真可愛。」

和這充滿善意的聲音一起，小幸媽媽步出大門一步。
「是海豚布偶啊。用毛氈布和棉花縫成的，這是妳做的嗎？」

「是，對。做得不太好就是了……」

「這樣啊，才沒有，妳做得很好喔。」

「啊……」

小幸媽媽微笑著蹲下身，摸摸小幸的頭。她的表情溫和、柔軟，和先前看到的毫無感情面容完全不同。

——她收到小幸的心意了嗎？

她對母親一心一意的心情，融化了名為「冷漠」的冰塊嗎？

如果是這樣，我對這個世界以及神明這類的，應該多少能有點好感吧。

這種想法也只出現一瞬間。

「——真是個好孩子，妳是這附近的小孩嗎？」

「啊……」

「欸，妳叫什麼名字？」

「我叫……幸……」

「小幸。呵呵，真湊巧，阿姨啊，一直想著如果生了女兒，就要取名叫『幸』呢。希望她可以幸福活著的『幸』。雖然現在沒有計畫，但如果真的有小孩了，真希望可以教出和小幸一樣的好孩子。」

她這樣說著，露出柔軟笑容。

那是柔軟的凶器。

明明直直朝著小幸笑，卻是個絕對不會對小幸露出的微笑。

明明是小幸等待已久的笑容，卻無比殘酷、無比偏離目的，狠狠刨刮小幸的心。

「小幸——」

當我受不了想要插話時，茅野阻止我這麼做。

「茅野同學？」

「……」

她靜靜搖頭阻止我，眼神說著「再等一下下」。

然後，小幸抬頭看母親的臉，用幾乎要哭的笑臉小聲說：

「我可以……這麼想嗎……」

「嗯？」

「那個，我沒有媽媽，已經沒有媽媽了。所以只有現在，我可以把阿姨當成我的媽媽？」

這要求讓她母親眨了一次眼，但立刻微微首肯，露出滿臉笑容說：

「嗯，可以喔，小幸。」

「啊……」

「……」

「媽……媽……」

小幸小聲顫抖著聲音，靠在她胸口。

「媽媽……媽媽……唔……」

她肯定一直都想這麼做吧。

即使是暫時的，那也是她不斷尋求的母親的溫柔溫暖。小幸把頭深深埋在母親胸口，邊哭邊喊。

就在此時。

小幸母親的眼睛，滑落出閃耀之物。

「哎呀，我這是怎麼了……」

小幸媽媽似乎也無法理解自己為什麼會流淚，只是很不可思議地歪著頭，擦拭淚溼的臉頰。

我不知道她的淚水帶有什麼意義。

或許是忘記親生女兒的潛意識表現，也可能是殘留在她腦中關於小幸的記憶碎片開花結果了，更或許只是剛好有東西跑進眼睛裡而已。

但是我想要相信。

就算只是碎片般的可能性，也想要相信。

小幸寄託在海豚布偶中的心意——就算只是一小片，也已經傳達給母親明白了。

「謝謝你們。」

在距離公寓大門不遠處，小幸對我們一鞠躬。

「多虧有哥哥、姊姊幫忙，我才能把海豚布偶交到媽媽手上，才能讓她對我笑，讓她抱我……還摸我的頭。這樣一來，我就沒有其他想做的事了。」

「小幸……」

直直抬頭看著我們的眼睛中，看不見謊言與後悔。至少，我看不出來。

就算不是對自己做出的舉動，就算是「遺忘」創造出來的……母親的笑容和溫暖，正是小幸追求的東西啊。雖然成熟，但小幸才九歲。不管是什麼形式，希望母親能有溫柔態度或許也是理所當然吧。

茅野肯定早已知道這件事了。

這讓我感到非常悲傷，非常難以忍受。

「媽媽好溫暖，好溫暖、好軟、好溫柔，身上味道好好聞……」

「……」

「如果小幸投胎了……還想再當媽媽的小孩。」

小幸露出透明的微笑說道。

我們完全無法回應這句話。

隔天，我們聽聞小幸過世的消息。

7

被遺忘與不被遺忘。

到底哪一個才是幸福呢？

春子希望不被遺忘，把自己的心意寄託在未來。

小幸因為被遺忘，而實現了她的願望。

還真是諷刺。

小幸的母親……因為忘記小幸，而找回對她的關注。

「……小幸的媽媽，一開始確實很愛小幸，雖然不知道中間發生什麼事情。但是，小幸如此期望，這是無庸置疑的真實。」

「……」

茅野所說的或許正確。

小幸是不是正如其名，活得很幸福呢？連這件事情也無從得知。

只是，天空中的太陽，和小幸被「遺忘」前相同，依舊釋放強烈日照。日光包裹住視線可及之處，把世界染成一整片白，彷彿這全是夢一場。

我突然問出一件在意的事情。

「……欸，茅野同學。」

「嗯？」

「茅野同學……為什麼會當死神呢？」

面對即將死去的人、將要被「遺忘」的人，幫他們消除牽掛。接觸這些不合理的現實，面對著就快要磨損耗盡的感情……這種事情，就只有痛苦與殘酷而已。

我為了不忘記春子而成為死神，但是茅野為什麼會變成死神，持續做這份工作呢？

「嗯～這是為什麼呢？」

茅野露出曖昧表情回應我的問題。

「我成為死神已經是很久以前的事情了，我也記不太清楚。只是——」

她這麼說著，抬頭看天空。

「——是為了在藍月底下，實現願望吧。」

如此簡短回答。

這句話融化在亮白的天空，消逝而去。

簡單來說，我只有一個人也可以忍耐下來，只是因為有他在吧。

第一次見面，是在藍色月光下。

——聽到母親過世消息的那個晚上。

不知名也沒見過面，只有血緣關係的家人。

我毫不悲傷、痛苦。

只是，極其鬱悶。

不管是唯一的血親過世一事，還是對此事毫不悲傷的自己，以及儘管如此，不知為何還是掉淚的自己，對所有事情都感到鬱悶。

在育幼院的生活，彷彿身處冰冷監獄裡。

毫無感情的管理生活，頻繁發生的體罰，冷淡的態度。雖然沒有直接虐待是唯一的救贖，但也不知道可以撐到什麼時候。

所以，我偶爾會在晚上單獨溜出育幼院，走到沙灘上。

發生討厭的事情與很痛苦的時候，只要這樣單獨走在沙灘上，看著散發柔柔藍光的月亮，我就覺得能夠平靜下來。

「喂，妳在幹嘛？」

「咦……」

突然，有人向我搭話

是個年紀差不多的男生。

「妳在哭嗎？發生……什麼事了？」

「沒有……」

我回以冷淡的回應。

除了被看見在哭的樣子覺得有點尷尬外，我根本沒想到這種時間還會有人向自己搭話，有種被乘虛而入的感覺。

我沒打算和他說話。

打算隨意敷衍他、把他趕走，或是乾脆自己離開。

但是，為什麼呢？

看見他直直看著自己的眼神，心情產生了一點變化，想傾吐一切的衝動突然襲擊我。

「我媽媽死掉了。」

發現時，我已經開口了。

「剛把我生下來就丟掉，從沒見過面的媽媽。我明明對她沒有任何感情，明明一點也不難過，但聽到這個消息時，我也不知道該露出什麼表情，所以才來看月亮。從以前，我只要一看月亮，就能靜下心來……」

向首次見面的人說這種事情，到底有什麼幫助？不，不對。正因為是第一次見面，所以才不會有奇怪的逞強，才能說出口吧。

「這樣啊。」短暫沉默後，他靜靜地說：「妳……很不甘心吧。」

「不甘心？」

他回答反問的我：

「嗯，對到最後都不願關心自己、不願愛自己的母親；對不感到悲傷的自己；對這個無可奈何的世界。」

這句話直直打中我的心胸。

啊，原來如此，我很不甘心啊……

對母親、對自己、對世界感到不甘心。

只要有人指出這一點後，就想不出其他理由來了。

我突然對告訴我這件事情的他感到親近。

「……我啊，也是一樣。」

他說。

「雖然有媽媽……但幾乎和沒有一樣，所以是孤獨一人。所以啊……」

他在此停頓下來。

直直看著我的眼睛。

「——我們成為『家人』吧。」

他如是說。

這句話和藍色月光混在一起，將我的心靈深處染上色彩。

這肯定就是……我一直想聽到的話吧。

「……嗯。」

從那天開始，他成了我特別的人。

成為我唯一的「家人」。

——成為，就算拿我的性命交換，也想要守護的存在。

第三章　死神與告白

0

季節緩慢流轉，這附近的風景已經完全變成夏日風光。

梅雨季中，幾乎都被雨露淋得溼黑的花草也變了個模樣，現在正展現出耀眼鮮綠。直射的日晒強烈，不戴帽子在外頭走動會讓人有點痛苦。從樹林間聽到的蟬鳴與日俱增，由比濱海岸與七里濱海岸等沙灘沿岸的道路也開始看見海水浴遊客的身影。

七月。

我開始幫忙死神的工作，已經過三個月了。

在那之後，我也與好幾個被「遺忘」的人接觸過。

和茅野兩個人一起，近在咫尺看著他們最後的時光。

有各式各樣的牽掛。

想和孩提時代分離的父親見面的女性。

想對初戀對象告白的中學生。

想在飼主懷中迎接最後一刻的貓咪。

每一個都真摯、直率、無可取代，僅屬於那人的悲傷心意就在那邊。

老實說，這不是個輕鬆的工作。得直接面對工作對象的心意，赤裸裸的感情，這不是用半吊子的心情可以面對。偶爾也有衝突，也有許多無法接受的事情。但在最後，幾乎每個工作對象都為自己的牽掛做了一個結尾後離開世界，只有這件事是最起碼的救贖。

「人在最後尋求的，果然還是和某個人之間的連結啊，不管形式如何。」

如同春子、如同小幸。

牽掛昇華，工作對象被這個世界「遺忘」後，茅野絕對都會看著遠方，說出這種話。她的側臉看起來像是接納了什麼的殉教者，這是我的錯覺嗎？

時間繼續往前推進，暑假終於也過了一半。

夏日的炎熱與日俱增，只是外出就熱到昏頭的日子也開始變多了。

一個月大概會接到一、兩次死神的工作，漸漸地，我也開始習慣起每天都有工作的生活。

「那麼，望月同學，今天也要工作喔！」

茅野如從天而降的日光般開朗說著。

我已經知道她那極度我行我素的態度與內心懷抱的感情完全相反，所以不在意了。

就在此時，我遇見了與目前為止不同的工作對象。

這個邂逅，成為接下來即將開始，我並非身為實習生的死神工作的重要分水嶺。

那就是——

1

「……前死神？」

「嗯，對喔。」

茅野乾脆地點頭回應我的提問。

「這次的工作對象，是先前曾經當過死神的人。雖然不久前已經離開這份工作就是了……」

「死神……也會死啊。」

聽我提出這最基本的疑問，茅野的眉毛垮成八字形。

「這是當然的啊，我們又不是神明還是什麼特別的存在。只是世界把幫有牽掛的人實現願望的任務交給我們，可以記得被『遺忘』的人，僅此而已。」

確實如她所說。

雖然冠上死神這不祥的名字，但茅野和普通的高中女生無異。既不能使用魔法，也沒辦法展現奇蹟。這件事，我在這三個月內是最為了解的。我們頂多在一般人能力所及的範圍內，替被「遺忘」的人了結牽掛而已。

那，死神到底是什麼？

單純了結被遺忘者們的牽掛的存在？還是擁有記得被「遺忘」者機能的存在？

就算思考也找不出答案。

茅野以前也說過，她幾乎不知道死神的詳細狀況，頂多只知道這個機構存在於世界的結構中而已。那肯定是，雖然存在，卻不知道為什麼存在，天意之類的東西吧。

據茅野表示，這次的工作對象就在小町通上的咖啡廳裡等我們。

「咦，妳該不會認識對方吧？」

我一問，茅野點點頭：

「嗯，對喔。正確來說，她是我的前輩死神。我剛成為死神時，她教了我很多事情，很照顧我。」

「……」

竟然是這樣的對象。

怎麼偏偏要看著交情匪淺的人離世呢。到底是諷刺，還是以為想得周全呢？不管是何者，那個居高臨下看著世界的神明什麼的，個性果然很糟。

我朝著天空咋舌，兩人一起走進位於主幹道後側小路的咖啡廳裡。

「啊，花織，這邊、這邊！」

一走進店裡，立刻聽見一個宏亮聲音。

朝聲音方向看過去，有個人朝著我們揮手。柔軟的氛圍和淚痣給人深刻印象，是比春子稍微年長的女人。

「夕奈小姐，好久不見。」

茅野揮手回應後，立刻跑到女人身邊去，我也跟在她身後。

「真的好久不見了。最後一次見面是剛過完年那時的事情，已經半年以上了啊。」

「對，沒記錯的話是最後一次一起工作那時。」

「對、對，是個當地下偶像的女生呢。那個時候，妳也跟著她一起又唱又跳，超辛苦……」

「那、那不是約好別再提了嗎？」

她們似乎聊往事聊得相當起勁。

開心歡笑聲在店裡響起一陣子後，女人像是這才終於發現般，轉過來看我。

「嗯，咦？這是誰？」

「啊，那個，我是……」

突然的提問讓我慌慌張張要開始自我介紹。

此時，茅野搶先一步說明。

「啊，他是望月同學。三個月前才剛成為死神的實習生，現在讓他當我的助手。」

「請多多指教。」

「哎呀，是這樣啊，請多指教……嗯？」

她手抵著嘴巴，直直盯著我的臉看。

「怎麼了嗎？」

「……嗯～我們是第一次見面嗎？感覺好像在哪見過，又好像沒有。」

「欸？」

就算她這樣說，但我對眼前的女人一點印象也沒有。她是個大美女，如果見過我應該會記得啊。

「嗯～應該是錯覺吧？妳看嘛，望月同學的臉就是大眾臉啊。」

「妳別把我說的像是量產型一樣。」

「欸~但是前一陣子，班上同學說在鎌倉站前看見你耶。你那時候應該和我一起在藤澤工作才對啊。」

「……」

被她這麼一說，我根本無從反駁。

在旁看著如相聲般互動的我們，女人揚聲大笑。

「啊哈哈，你們兩個感情還真好呢。」

「……才不是那樣。」

竟被如此認為，真讓我意外。

「是這樣嗎？哎呀，算了。感覺似乎見過你應該是我的錯覺吧。我叫夕奈，請多指教囉，望月同學。」

「我也要請妳多多指教。」

和接下來要看著她「死亡」的對象互說請多指教感覺有點奇怪，但除此之外沒別的能說，這也是沒有辦法。

在女人——夕奈催促下，我們在她對面坐下。茅野點了薑汁汽水，我點了冰咖啡，夕奈已經在喝第二杯冰紅茶了。

「那麼、那麼，看到花織過來，就表示……我的那個時刻即將到來了吧？」

點的飲料都到了之後，我們各自拿起飲料就口時，夕奈如此說。

「……那是，那個……」

「啊，別在意、別在意，我也是前死神啊，早就做好這等覺悟了，而且從身邊人的反應來看也知道了啊。」

「夕奈小姐……」

「嗯～雖然這樣說，但真的輪到自己的時候也會猶豫呢。牽掛什麼的，想做的事情太多了無從選擇……也想穿一次白紗、也想要環遊世界一周、也想要吃吃看滿漢全席啊……」

她邊以手抵著嘴巴，邊「嗯～」地歪著頭。

然後，像是想到什麼事情似的，在自己胸前拍手。

「啊，這個嘛，那麼——」

夕奈在此停頓了一下。

接著看著我們的臉，如此說：

「——那麼，我有個想見的人。」

2

車窗外的景色，慢慢自左向右流逝。

扣咚扣咚的規律搖動總讓人覺得舒適，一個不小心就會立刻變成睡魔的獵物。

我們現在身處於小田急線這條路線的電車上。搭乘這輛從北東至南西貫穿神奈川縣的電車，我們朝某個城市前進。

有個想見的人。

這就是夕奈的牽掛。

『那個啊……那是我學生時期喜歡的人。』

夕奈放下冰紅茶，如此說道。

『是常在我家附近的河堤畫畫的人，大多都畫人物畫吧，我也曾經讓他畫過一點。只知道他的名字叫「吉城」。如果可以的話，我想再見那個人一次。其實我是想要自己找啦……但你們看，那個時間逼近了，我也有很多事情要準備，會很忙，所以可以拜託你們嗎？』

說完後，夕奈有點寂寞地笑了。

因為這樣，我們現在準備前往的，就是從鎌倉轉搭電車，大概一小時即可抵達的那個城市。我還想著要是得去北海道的話，那該怎麼辦，是高中生用零用錢就能抵達的範圍真是太好了。

「呵呵呵，這還是第一次和你一起出遠門，是趟小旅行呢！」

茅野興奮地說著，真是的，真的不管從哪看……看起來都不像死神。

在途中的相模大野站換一次電車，從這邊到目的地只剩一段路，搭急行電車十分鐘就會到。

「夕奈小姐是怎樣的人啊？」

搭上換乘的電車，順利找到位置坐下後，我如此問。

「欸？這個嘛……和她看起來一樣，很開朗、很照顧人，比起自己的事情，更容易對其他人的事情產生移情作用，很溫柔的人。她當死神的資歷比我長，幫了我很多忙。」

「這樣啊。」

「嗯，類似我和你現在的關係吧。夕奈小姐是主要負責人，我是實習生。在我晉升當主要負責人後，到夕奈小姐離職前，我們也常一起工作。」

茅野如是回答，彷彿在講普通的打工之類的工作。

「但我不知道她有這樣的對象耶。我和她一起工作滿長一段時間，從來沒聽她提過類似話題。」

「這類事情，連女生間也不太會談吧？」

「是嗎？嗯～但或許是如此。我也幾乎不太提這方面的事情……」

似乎就是這樣。

不管怎樣，我知道夕奈是如我所見的好人了，那麼，我們能做的，就是幫她消除牽掛，希望她幸福地迎接人生終點。

在那之後不久，我們就抵達目的地了。

我們抵達的是有點熱鬧的地方城市。

JR加上私鐵合計有三條路線通過的轉運車站，最近似乎一口氣加速開發，站前可看見寬廣的人工平台、摩天公寓、大型流行時尚大樓。

「喔喔，漂亮、漂亮，感覺比鎌倉還更繁華呢。」

茅野興奮叫著。

確實，從城市的規模來看，感覺比鎌倉還大。

我們首先前往位於市內的育幼院。

因為——那裡是夕奈長大的地方。

『我啊，其實是無親無故。』

夕奈如是說著。

『似乎才剛出生就變孤兒了，連家人的臉都沒看過。從小到高中畢業，都是在那家育幼院長大，那可以說是我的老家吧。』

這讓我稍微感到意外。

因為夕奈開朗、對人親切，完全讓人感覺不出有這麼灰暗的過去。我這麼說完後，茅野用無所不知的感覺說：「好女人的本質，可是無法只從表面上的態度衡量的唷。」只有這個論調讓我覺得或許真是如此。

育幼院——「河原口愛子園」的地址已經在事前從夕奈口中得知了，輸入手機中的地圖APP後，跟著指示走出最近車站的西口。就地圖上來看，步行十分鐘可抵達，途中經過一個大型購物商城時，茅野無比興奮。

照著手機指示往前走，立刻就找到寫著「河原口愛子園」的育幼院。

那是棟小小的獨棟平房，按響大門旁的門鈴後，從裡面走出一個中年女性。

「請問是哪位？」

自稱園長的這位女性，一看見我們的臉就提高聲調：

「哎呀，是我們院生的朋友還是什麼嗎？」

「啊，不、不是這樣。其實我們有點事情想要請教……」

「什麼事呢？」

園長口氣相當客氣地回問。

「是的，那個，以前是不是有位叫夕奈的人──」

我才剛開口，卻被茅野打斷。

「那個，我們正在找人。是以前常在這附近的河岸畫畫的人……」

「茅野同學？」

我不禁轉過去看茅野的臉，她不理我繼續說：

「應該是，嗯……十年前左右的事情。他應該在現在這種季節，每天都會來畫畫，啊，聽說名叫『吉城』。」

園長聽完這段話後歪著頭。

「在河岸嗎？唔嗯，這個嘛，這個河岸區域裡有個公園，是相當舒適的地點，所以一整年都有很多人來喔，而且會畫畫的人也不只一、兩個，妳問我這麼久以前的事情……」

這是我們某種程度已經預想到的答案。

就算是附近的河岸，問到記不記得十年前造訪過的人，應該無比困難吧。所以，我才想要從和夕奈的關係切入啊……

但是，茅野到最後都沒有提到夕奈的名字。

「這樣啊，我知道了，對不起，打擾妳了。」

對滿臉微笑說著：「不會、不會。」的園長道謝後，我們離開「河原口愛子園」。

「妳為什麼不說夕奈小姐的名字？」

離開育幼院一段距離後，我詢問，茅野帶著已經料到會被問的表情回答：

「啊~嗯，我知道你的心情。但是啊，那問了也沒用，只會被覺得奇怪而已。」

「被覺得奇怪？為什麼？」

「這是因為……」

說到這裡，茅野停頓了一下。

但立刻抬起頭，如此回答：

「因為，夕奈小姐……已經被『遺忘』了。」

她斷定地說。

「欸，不見得是那樣吧？我們不知道她多久前開始被『遺忘』，說不定——」

「不。」

茅野非常明確表示：

「夕奈小姐已經被『遺忘』了，只要她是甲種死神，這就無庸置疑。」

「？」

我不知道為什麼茅野能如此斷定，但她比我還要資深，關於死神的事情，肯定有什麼我不知道的確信吧。如果是這樣，我也決定不多加追究。

「總之，先去那個河岸吧？哎呀，那什麼，不是說現場走百遍嗎？」

我原本想要吐嘈「那應該是調查案件時的初步調查基礎吧」，總之，現在就先收起來吧。

3

那個河岸，距離「河原口愛子園」徒步五分鐘。

正如園長所說，河岸附近有公園，非常多人，很熱鬧。原來如此，確實也有許多人在畫畫呢。

視線朝公園的那頭看去，可以看見前方有條寬五十公尺左右的大河流動著。

我還是第一次看見這麼大的河川。

雖然鎌倉和藤澤都有河，但沒有這麼大的。

我四處環視想知道是什麼河川，看見寫著「一級河川相模川」的立牌。

「哇～好舒服喔。」

茅野大叫，像隻脫離束縛的小狗般朝河邊跑過去。這麼說來，在江之島時也是一樣。我那時還想說或許是她體貼，想讓我和春子獨處，但看到她現在這個樣子，我也開始不太確定了。

「你也快來啊！很舒服喔～」

她抓著膝上長度的裙襬，這般大聲叫我。這如孩童般的舉動讓我苦笑，我也往水邊走。

「你看，有螃蟹耶，螃蟹！」

「真的耶，是溪蟹嗎？」

「這可以吃嗎？」

不是先想到「好可愛喔」或是「好想養喔」，而是最先說出這句台詞，還真有茅野的風格。

茅野眼睛閃閃發亮尋找河邊生物一陣子之後，大概是膩了，開始朝我潑水。

「……啊！」

「啊哈哈，望月同學是個嫩到出水的好男人呢！」

「妳幹嘛啦。」

「欸～因為你在發呆啊。戰場上，會從鬆懈的士兵先攻擊喔。」

「這裡是神奈川縣，而且我根本就不是士——」

「嘿！」

「……妳這傢伙，走著瞧！」

認真起來的我也還以顏色。

「接招吧！」

「呀～望月同學欺負我～」

「先被欺負的人可是我耶。」

「欸～你好幼稚喔～」

「我們同年吧，呀！」

「啊哈哈哈，打不中～！」

一轉眼，我和茅野都全身溼透了，但在這麼炎熱的天氣中，這樣反而舒服。跟孩子一樣，我們倆大喊大叫，忘我地互相潑水。

「呀……」

此時，背後傳來一個小小的尖叫聲。

轉過頭看見一個女人拍著衣服，大概是太用力讓水噴過去了吧，走在河岸旁的女人被水濺到了。

「啊，對、對不起！」

我慌慌張張道歉。

幸好似乎沒有直擊，雖然是這樣，也不代表我們沒有錯。

「我有手帕，請妳用這個。啊，還有送洗費用……」

「啊，沒關係、沒關係，這點小事沒關係。我只是嚇一跳才叫出聲，你別在意。」

「但是……」

「真的沒關係，今天這麼熱，我才要謝謝你們讓我涼快一下。」

她笑著說。那是個短頭髮，給人舒服感覺的女人。

「你們是高中生？這附近的小孩？」

「啊，不是，我們是從鎌倉來的……」

「鎌倉？從那麼遠的地方來的啊，是有什麼事情嗎？」

「這個……」

我和茅野互看彼此，看到這一幕，女人眨眨眼。

「嗯？有什麼特別原因嗎？如果不太想被問，我就不多問了喔。」

「不，也不是那樣啦……」

「？」

雖然有點猶豫，但我們決定把事情解釋一次。

「那個……其實我們在找人。妳認識以前常在這附近畫畫的人嗎？」

「畫畫？」

「對，大概十年前左右，現在大概是二十多歲的男人……」

一問後，女人歪著頭。

「嗯～怎麼說呢，我也一直住在這附近，從以前就有非常多人到這裡來畫畫喔。啊，但這附近有個繪畫教室，那邊的講師大概就是那個年齡，這麼說來，他似乎也說過以前常來這裡畫畫。」

「那是真的嗎？」

「嗯，如果需要，要告訴你們教室在哪嗎？」

該不會是真的找到了吧。

請女人告訴我們繪畫教室的地點後，我們決定去看看。

繪畫教室瀰漫著特殊氣味。

像油又像藥品，難以言喻，而且是在其他地方聞不到的味道。

繪畫教室似乎正好在上課，大概有學校教室大小，擺放著畫具的房間裡，一個男人指導著小學生及國中生左右的學生們，那個人就是「吉城」嗎？

「妳怎麼想？」

從門口的窺視窗往教室裡面看，我如此問茅野。

「嗯～不知道耶，雖然覺得是帥哥，但是不是我的菜耶……」

「……我不是在問妳的喜好，是在問妳那個人是不是夕奈小姐找的人？」

「不知道耶？但問問看應該就可以知道了吧。」

「說的也是。」

我們等課上完，找那個男人說話。

男人一看見我們，稍微露出一點驚訝的表情。

「想來上課……看起來似乎不是耶。」

「啊，那個，其實我們正在找人……」

「找人？」

「對，那個，請問你是不是常在附近的河岸畫畫呢？」

男人聽到問題後，歪了一下頭後點頭。

「啊，嗯，我會去河岸畫畫喔。再怎麼說也是想當畫家的人。」

如同女人告訴我們的一樣。

那麼，這個人果然就是「吉城」囉？從以前就會到河岸畫畫，二十多歲左右的年齡，男人。幾乎滿足所有條件，既然如此，那就不用迂迴試探了，我們決定直接確認。

「不好意思，方便請教你的名字嗎？」

但他的回答讓我們失望。

「我嗎？我叫石井一成。」

「一成先生啊……」

「對，那怎麼了嗎？」

「沒有……」

他不是「吉城」先生。

我們姑且也問了其他事情，但每一點都和夕奈在找的「吉城」不吻合，他擅長風景畫，而且是七年前才到這個城市來的。很確定這個人不是夕奈在找的人。

「可以了嗎？我接下來有下一個打工。」

「……好，非常感謝你。」

抱著失望的心情，我們道謝後走出繪畫教室。

4

想靠著名字和畫畫這點資訊找十年前的人，果然就像在沙漠找一枚金幣般困難。

抬頭看著沐浴在夕陽下的繪畫教室，我深深體認到這件事。

線索全沒了。

在此斷線了。

當然，為了夕奈，我們也想找到她思念的人。只不過，完全不知道還可以做些什麼也是事實。

「唔唔唔，狀況有點嚴峻耶。但我們再稍微努力一下吧，現在放棄，比賽就結束了啊。」

茅野還沒有放棄。

她面對死神的工作，總是一心一意且認真，但感覺她對這件事有特別的堅持，果然是因為工作對象是認識的人嗎？

「嗯～算是吧，這當然也有啦。」

一問之下，茅野稍微看著遠方如此回答。

除此之外還有什麼特別的理由嗎？我疑惑地這麼想，最後她說了：「嗯，這個嘛，告訴你也無妨吧。」後繼續說：

「那個啊……我也是在育幼院長大的。」

「欸？」

「小時候……雖然我完全不記得，聽說是媽媽把我寄放在那邊。但是，媽媽再也沒有回來，聽說就這樣過世了。自那之後，我就是獨自一人活到現在。大概是因為這樣吧，我沒辦法把夕奈小姐的事情當別人的事。就那個啦，死神和工作對象的牽掛與遭遇都很相近啦……」

「……」

這是我第一次聽到茅野的私事。

但是知道之後，也想著「啊啊，原來如此」，感覺大約明白了從認識當時開始，我對她有親近感的理由了。

她和我很像。

母親不愛我們、不知道何謂家庭溫暖，以及無親無故。

說是常見死神和工作對象的牽掛與遭遇都很相近的狀況，同理也可套用在死神與助手的關係上吧。我不由得這麼想。

「啊，但是，曾經有一個人呢，讓我卸下心防。」

「欸？」

茅野如是說。

「小學時，育幼院附近住著一個男生。正好是……我接到通知，知道到最後都沒有來接我走的母親過世的消息時認識的男生，他和我非常要好。我們一起看月亮，立下約定，我還曾經去他家玩過……他是我初戀的對象。」

「……這樣啊。」

為什麼呢？

茅野這段話讓我胸口感到一點刺痛。

敏銳看出這點的茅野，咧嘴露出滿臉笑容。

「咦？咦？你該不會在嫉妒吧？」

「……才沒有。」

「喔，剛才的停頓，該不會是？」

「就說不是……」

真的不是嗎？

我自己也不清楚。

「算了，無所謂啦～喔，這麼說來，藍月的日子快到了呢。」

茅野邊抬頭看天空邊說。

即使是白天，月亮並沒有消失。只是被炫目的太陽光遮住，看不太清楚而已。東方天空上，月亮的身影融於太陽光中，淡白主張著其存在。

「藍月……這樣啊，已經到這種時節了啊。」

曾幾何時，我想起曾和茅野說過這些話。

藍月，一個月有兩次滿月時的第二次滿月。據說只要看見就能得到幸福，藍月夜裡會有奇蹟發生之類的。那確實是在送小幸回家後的路上提到的話題，在那之後已經經過兩個月了，真讓我震驚。時光流逝的速度比我想像的還要快，彷彿河流一般。

「只剩下沒幾天了呢，會有奇蹟發生的藍月夜晚……啊。嗯，真令人期待呢……」

茅野抬頭看著天空，如此低喃。

為什麼呢？

和她說出口的話相反，她的側臉看起來染上了一點陰霾。

就在我們聊著這些時，不知不覺又走回河岸。

太陽已稍微西斜，熱度比剛才緩和多了。河岸邊加上舒適的風吹拂，感覺全身源源不絕流出的汗在一瞬間收回去了。

「欸，望月同學，我們還是仔細問一圈看看好了，說不定會有新的情報出現啊。」

「說的也是，好，試試看吧。」

「嗯，Let's go！」

我們去問了每個來河岸與公園的人，認不認識那個以前到這裡來畫畫的人。

但是，果然沒有任何成果，這也不難想像。最根本的是，幾乎沒有從十年前起就定期到這邊來的人，這點是最大的難處。

到處問了將近兩個小時，收穫為零。

「……呼。」

更加傾斜的太陽，正式往地平線沉下，最後的光輝將河邊染成橘色。日落前一刻的鮮豔橙色，也會在轉眼間被黑暗掩蓋，消失在夜幕中吧。

這次可能真的不行了，就在快要放棄時，一張見過的臉映入眼簾。

「咦？你們回來了啊？」

是剛剛那個女人。

她大概也發現我們了，揮手喊我們。

「怎樣？找到你們要找的人了嗎？」

「沒……不行，是不同人。」

「這樣啊，真遺憾，對不起喔，沒幫上忙。」

「不，別這麼說……」

反而是我們要十二萬分感激她，提出那種不著邊際的問題，她還這麼幫我們。加上水潑到她身上時的應對，她肯定是個很好的人吧。

突然，女人身旁的東西闖入我的視野，畫架和畫布、顏料。這是剛剛在繪畫教室裡成堆看見的東西。

「咦……妳也有在畫畫啊？」

「嗯，對喔，咦？我沒有說嗎？」

「啊，沒有。」

「這樣啊。我以前也在那間繪畫教室學畫畫，但我是畫興趣的，而且你們在找的是男人對吧？所以我想應該和我沒關係。」

確實是這樣沒錯。

但是說著話時，我不自覺地往女人的手邊看去。

她看起來似乎是在畫人物像。大人才能抱起的畫布上，應該是畫著這個河岸，以大河為背景，有個女人微笑的身影……

「咦，這個人……」

我不禁凝視。

接著湊近女人，再次詢問。

「嗯？畫上的模特兒？」

我點頭回應後，女人有點害臊地回答：

「啊～這個啊，不是特定的某個人啦。那個，是出現在我夢中的人……我自己也不知道為什麼想要畫這個。但是不知為何很在意，無比想畫到無法忍耐……這樣說之後，旁邊的人都把我當怪人，倒退三尺呢。你們也嚇到了嗎……」

她說完後露出苦笑。

怎麼可能倒退三尺？

因為，畫上那個淚痣給人深刻印象的溫柔女人……就是夕奈啊。

「那、那個，不好意思，請問妳的名字是？」

「我？我叫吉城，吉城瞳。」

我忍不住和茅野互看。

接著發現我們有了很大的誤解。啊，是啊，夕奈確實說是她喜歡的人，但是，她從來沒有說過那是個男人啊。倒不如說，擅自認定、侷限對象的人……反而是我們。

我們對著邊眨眼邊看我們的女人——吉城問：

「那、那個，請問妳明天也會來這裡嗎？」

「嗯？這個嘛，只要不下雨，暑假期間我大多都在這裡喔……」

「那麼，明天我們會再來一次。我們想要讓妳見一個人！」

吉城很不可思議地歪過頭。

5

「遺忘」到底是什麼。

「遺忘」是什麼，與其相關的死神是什麼。

時至今日，我仍不太清楚這些事情。

隔天，我們帶著夕奈再度到這個河岸來。

這天也相當晴朗、炎熱。最高氣溫超過三十度的仲夏日，能看見河邊有父母帶小孩來開心玩水。

吉城遵守約定，在昨天同一個地方等我們。她手邊的畫布上，和站在我們身邊的夕奈同一張臉微笑著。

「吉城……小姐……」

一看見她，夕奈如此喊出口。

高聲且溫柔響起的聲音，帶著些微顫抖。

果然，她就是夕奈正在找的「吉城」。

只不過——

「那個，初次見面，我叫吉城瞳。聽說妳在找我。」

「啊……」

「不過……那個，很不好意思，我想，我大概不認識妳。雖然覺得好像很懷念，但還是不記得曾見過面……話說回來，我都畫出這種畫了，會有種『妳在說什麼啊』的感覺吧……」

她說完後露出苦笑。

「遺忘」了。

吉城……完全不記得夕奈。

這件事情本身，從昨天和吉城的對話中，已經能想像了。

「夕奈小姐……」

茅野小小聲呼喚夕奈。

「我沒事，因為打從一開始我就已經知道我被她『遺忘』了。」

「是這樣沒有錯啦……」

「……」

「真的好嗎？選擇她的這個選項，還留著……」

「……沒關係，不用了。」

夕奈無力地搖頭。

「或許我們之間的回憶確實已經消失了，或許已經被『遺忘』的濃霧掩蓋了……但是，還有一點時間。你們替我創造出來的，步向未來的短暫時間。那麼……我就不想被過去困住，想要選擇未來的可能性。」

說完後，夕奈往前走出一步。

她直直看著吉城的臉，露出微笑：

「那個，妳是吉城小姐對吧？」

「對。」

「那個，突然這麼說非常冒昧，但是……妳可以和我當朋友嗎？因為一點原因，再過不久，我就得要到遠方去了。所以到那為止就好，希望妳可以和我當好朋友。」

聽到這個請求，吉城往前湊上身子，用力點頭。

「啊，我才要說請務必和我當朋友！那個，我也不知道為什麼，妳最近常常出現在我夢中，但是，我也不知道為什麼……」

「……」

「我一直相當在意，為什麼作完夢後我會變得無可忍受地悲傷呢？這個情緒到底是什麼……我覺得只要和妳在一起，我就能搞清楚。所以，如果可以……妳可以當我這幅畫的模特兒嗎？」

夕奈用滿臉笑容，回應吉城的這段話：

「好，我非常樂意。」

夕奈的牽掛。

這就是牽掛消除的瞬間。

據夕奈所說，這是一個賭注。

送我們到最近的車站時，她這樣對我說。

回鎌倉的路上。

正好是茅野說要買飲料，跑到商店去的時候。

「老實說……我根本沒想過能找到人。她是十年以前稍微共度過一段時光，在那之後完全沒見過面的人。但我想，如果這個願望真的能實現，肯定是神明在說我應該要和她在一起……」

夕奈說，所以她才會下定決心。如果我們只靠著「吉城」這個名字就找到人、找到吉城瞳的話，那她就要把剩下的時間全花在吉城身上。

「對不起喔，做了這種試探性的事情。但是……我也很害怕。她是遠在十年前稍微接觸過的人，而且還是『遺忘』我的人，我害怕和這樣的人……正面面對。」

我能理解她的心情。

曾經心意互通的人，已經「遺忘」她了。

對自己來說，是無比親近的人，這樣的人卻用看著陌生人的眼神看自己。面對這個現實，心情跟不上也是沒有辦法的事情。

只是……我有一件事情不懂。

「但是，為什麼是以被『遺忘』為前提呢？」

「欸？」

「不管是妳還是茅野同學，打從一開始就對吉城小姐已經『遺忘』妳的事情毫無疑問。我聽說開始『遺忘』的時間因人而異，明明可能還沒有開始『遺忘』，為什麼……」

這段話讓夕奈露出有點驚訝的表情。

「你……什麼都沒有聽說嗎？」

「聽說什麼？」

我回答後，夕奈才像發現了什麼事情，頓時恍然大悟。

「……啊，對喔，是這樣啊。你是乙種，不是世界選擇，而是花織選出來的死神。是那時候的小男孩……」

「？」

「或許這也是命運吧……沒想到竟然會讓當時的孩子們，這樣送我最後一程……」

夕奈在此停頓一下，看著我的臉說道：

「花織就拜託你了喔。我過去讓她做了一個殘酷的選擇，給了她無比巨大的重擔。想起那件事，現在還是讓我心痛……我知道拜託你這件事情不恰當，但是只有你了，拜託……」

我完全搞不清楚夕奈在說什麼。

為什麼此時會提到茅野，我完全沒有頭緒。

但是這段話、夕奈認真的表情……讓我感覺心情強烈隨之動搖。

此時，伴隨著啪噠啪噠的腳步聲，茅野回來了。

「呀~對不起我回來晚了，怎樣都找不到 Dr. Pepper 可樂，我還跑到附近的超商去找了……嗯，你們兩人在說什麼啊？」

大概是察覺我們之間的氣氛吧，茅野如此詢問。

她手中的飲料罐上，有著明顯的水珠。

「……沒什麼，什麼都沒有。」

「？」

茅野露出不明就裡的表情，但夕奈不願多談。

但是在臨別之際，她深深一鞠躬如此說：

「你們兩個……真的很謝謝你們。這樣一來，我就能毫無遺憾地過完剩下的人生了，可以毫無牽掛地離開世界。所以……」

「？」

「——所以……但願，你們也能夠有個幸福的結局。」

6

在那之後，夕奈和吉城共度了一週的時光。

兩人共有的時間裡，她們說了非常多事情，吉城也完成了畫作。

在那天來臨的前一天，茅野似乎去見了夕奈。見了面，聊了很多事情。

「你看這個。」

「這是……」

茅野拿出一張照片給我看。

上面有著露出幸福微笑的夕奈和吉城的身影。

她們兩人都穿著婚紗，手拿完成的畫作，笑得燦爛。

「聽說這叫做相片婚禮。」

茅野如此說。

「穿上婚紗，體驗結婚典禮，然後把當時的狀況拍成照片的服務。她說和吉城小姐一起去參加了。夕奈小姐看起來非常幸福，她也說了要向你道謝。她說絕對要用『分享幸福』來當回禮。」

「這樣啊……」

我不知道夕奈在這麼短的時間裡，到底得到了什麼又留下了什麼。

但如果她說她很幸福，僅僅這樣，雖然只有一點點，卻讓我感覺心胸深處稍微輕鬆一點了。

即使如此我還是會想。

「遺忘」、死神，實際上到底是什麼啊？

即使是和「遺忘」、「死亡」有關的死神，也無法逃脫被「遺忘」的命運。

這到底是為了什麼而存在？接下來到底會有什麼未來呢？

不管想再久，還是不清楚。

還有另一個。

夕奈最後對我說的那句話。

時至現在……仍讓我的胸口深處感到怪異。

「欸，茅野同學……」

「嗯？」

所以，我把這件事對茅野說。從夕奈的口氣，可以知道她不太想要讓茅野知道，但因為我太想知道了，所以無法忍耐。

「……這樣啊，夕奈小姐說了這樣的話啊。」

聽完後，茅野小聲說：

「從認識時開始，我就讓她多費心了，直到最後一刻都還這麼在意我……我真的在夕奈小姐面前抬不起頭來啊。啊哈哈。」

寂寞地笑了一笑後，她轉過來看我。

「……望月同學，那個啊，」

「嗯。」

「那個啊……下一次是最後了。」

她的口氣彷彿在談論明天的天氣。

「最後？」

什麼最後啊？

茅野對歪頭的我繼續說：

「今天早上啊，我收到郵政包裹了，是下一個被『遺忘』對象的指示手冊。這是我和你一起做的最後一個工作。」

「這是，什麼意思……」

為什麼下一次的工作會是最後呢？

我不知道其中意思。

茅野當作沒聽見我的疑問，笑了。

那是至今看過好幾次、好幾次，如盛開向日葵般的開朗笑容。

接著，她有點落寞地說：

「——因為下一個對象，是我。」

☆

簡單來說，我只有一個人也可以忍耐下來，是因為有她在吧。

待在離我最近的地方，身為「家人」的她。

和她——月子共度的時間，以及春子的存在，讓我得以在彷彿被視為無物對待的生活中，心靈也沒有崩壞地活過每一天。

她很喜歡月亮。

認識那時她就在沙灘上看月亮，我們也在夜晚的水族館裡並肩坐著看藍月，也曾一起在我們家的陽台看月亮。我喜歡她抬頭看月亮時的溫柔表情，那非常美麗。

偶爾她也會來我家玩。

我們也一起去春子家玩過不只一、兩次。

她也很親近春子，她說她也喜歡柔軟、香甜的瑞香香氣。

我和她……雖然沒有血緣關係，卻是真真實實的「家人」。

所以，那一天她也和我一起坐在車上。

讓我們的命運產生決定性變化的那一天。

我現在也在想。

如果她當時做了另一種選擇，我們之間是不是能有不同的結局。

間章　追憶

☾

僅僅一年前的事情。

我在水族館裡，為了要完成身為死神的工作。

工作對象不是人，而是海豚。不是人卻是我的工作對象，雖然我對此有點疑問，但這種時候，就把那放一邊去吧。

總之……我今天造訪這裡的目的是……去見即將迎接生命終點的海豚，替牠了結牽掛。

動物也有牽掛。

不，因為牠們單純，有時會比人類還有更加強烈的牽掛。

所以說，才需要我們——死神出場。

海豚的水槽位於水族館的主水池附近。

需要抬頭看的一整片廣闊水藍中，有十隻海豚優游其中。

那個水槽前——他就在那。

「……」

為什麼呢？

我無法將視線從他的側臉移開。

從他彷彿守護著自己孩子般，溫柔看著海豚們的眼睛移開。

——明明早已決定不再和任何人扯上關係了啊。

不管和誰扯上關係，都只是空虛而已。

不管怎樣、和誰建立起關係，也會被「遺忘」。痕跡隨著時間流逝而崩毀，從對方的心中消失。

彷彿夢幻的泡泡。

既然如此，從一開始就別抱任何期待比較好，我明明已經決定了啊。

但是——

當我回過神時，我已經向他搭話了。

「你喜歡海豚嗎？」

「……」

一開始，他訝異地看著突然朝他搭話的我。

但是，大概是因為我身上同校的制服讓他放下戒心吧，最後聲音雖小，他還是回答我：

「……我喜歡海豚喔，而且這兩隻很特別。」

「特別？」

「嗯，這兩隻是艾爾和多拉特，這是我取的名字。雖然已經是很久以前的事了。」

他對我說明，四年前水族館公開徵求替海豚命名時，他報名之後被選上了。

彷彿證明他所言無誤，他一呼喊後，海豚——艾爾開心地跑到水槽邊來。可以聽見牠在玻璃那頭小聲鳴叫的聲音。海豚是很聰明的動物，據說連對人類的語言也有某種程度的理解。

我有點心痛。

因為……這個艾爾，就快要死了。

牠注定死亡，且被「遺忘」。

但我也不能告訴他這件事，所以我說出了完全不相關的事情。

「這樣啊，那你就是替這兩個孩子命名的爸爸呢。」

我接著又問：

「所以，你才會用那麼溫柔的表情看牠們啊？」
他露出有點複雜的表情回答：
「……嗯，這也是原因之一，但不只是這樣。」
「？」
「我也不太清楚……但只要像這樣看著艾爾牠們，總覺得胸口的空洞就有點被填起來的感覺。」
「胸口的空洞？」
「嗯，從四年前開始鑿空，沒辦法填補的空洞。我也不知道為什麼就是了……」
彷彿懷抱著喪失的什麼東西般，他的手輕輕貼在胸口。
看他這樣，水槽中的艾爾小聲鳴叫。
彷彿像在擔心他。
看見這一幕……我感覺我似乎知道艾爾的牽掛是什麼了。
知道我——死神到這裡來的理由。
不想獨留他一人。
不可以放著有巨大喪失感的他不管。
動物的本能、第六感比人類更加敏銳。

所以才會明白吧。他即將在不久的未來，變成孤單一人，所以才會出現這個牽掛。
「……」
我到底能不能實現這件事情呢。
可以為注定要失去的他，留下些什麼嗎？
就算我知道，能辦到這件事情的唯一手段。
「……」
但是——
或許從這時候開始，我已經下定決心了吧。
或許已經決定了，要做出殘酷的選擇。
因為，他看著艾爾牠們露出的溫柔表情……讓我墜入了第二次的初戀。
所以，我決定了。
如果那一刻來臨，我要全部託付給他。
坦白一切，告訴他把心意、回憶延續到未來的選項。
即使這是件無比自私、任性的事。
「——那個啊，我希望你別被嚇到，聽我說。」
發現時，我已經開口了。

「？」

「我啊……」

一瞬間猶豫了該不該繼續說下去。

現在告訴他也沒有太大意義，因為這肯定會包含在艾爾的「遺忘」中，一起煙消雲散。

即使如此，我還是有點緊張，對著他說：

「我……是死神。」

他肯定不記得那時候的事情吧。

和那時相比，我的外表也改變許多。因為到目前為止為了避免和他人扯上關係，所以我努力讓自己的外表別太醒目。而且隨著艾爾死去……被「遺忘」後，我們倆的對話也變得模糊，只留下了「和誰聊過海豚」這個事實而已。

但是，我想要改變。

想要盡我所能，稍微漂亮一點地留在他心中。

為了我的那一刻。

——為了我與他第二次再會的那時。

——那一刻終於來臨了。

第四章　被遺忘的死神，與第二次初戀

0

我不知道她到底在說什麼。

明明聽進去這句話了，卻無法理解其中意思。大腦拒絕接受這個聲音。眼前她這張熟悉的臉孔，彷彿是陌生人。

「妳在……說什麼……」

世界不停旋轉。

我雙腳發顫，連站也站不住。

只有四面八方響成一片的蟬鳴聲，在我耳朵深處吵得厲害地響著。我無法忍受地撐住自己膝蓋，茅野對我露出非常抱歉的表情再說一次：

「對不起喔，變成好像偷襲的感覺。但是，時間已經不多了，所以我也不想要繼續拖延下去……」

拖延。

拖延，是拖延什麼？

「是——」

「嗯？」

「那是……怎麼一回事？」

我從喉嚨深處擠出聲音。

這種事情……根本不需要問。我的腦袋深處理解茅野在說什麼，也知道接下來會發生什麼事。但是，就算理解，無論如何都得要她親口證實，我才有辦法接受。

她也明白這件事吧，深深吐一口氣之後，再次開口。

「嗯，所以啊……」

她在此停頓了一下，直直看著我的眼睛。

無比清澈的琥珀色眼睛，倒映著我因為不安而扭曲的臉。

接著彷彿淡淡告知事實般，如此說道：

「——我就快要死了。死亡……接著被世界『遺忘』。所以在這之前，我希望身為死神的望月同學，可以幫我消除牽掛。」

1

身邊的聲音消失殆盡。
彷彿身處無聲的水中。
連剛剛完全覆蓋鼓膜的蟬聲，也彷彿全體一起死絕般，已經沒辦法進入我的耳中。
茅野告知的話。
我終於得以咀嚼其中意義，即使如此，我的意識還是拒絕接受這件事。
茅野，會死。
死亡……被這個世界「遺忘」。
我怎麼可能有辦法承認這件事情？怎麼可能有辦法接受這件事情呢？我不想聽、不想相信、什麼都不想思考——
到底維持這樣多長的時間呢？
回過神時，太陽已經日正當中，我的額頭滲出大滴汗珠。全身像泡在水中般溼透，襯衫黏在背上。

我好不容易從乾渴的喉嚨中，擠出下一句話：
「真的……嗎？」
「嗯～？」
「妳……會死，還會被『遺忘』這件事……」
或許直至此時，我還是抱有一點期待吧。或許正等著眼前的茅野，像平常一樣露出捉弄我的表情說：「騙你的啦～開玩笑、開玩笑。你嚇到了？呵呵～可以看見你這種表情，我演這場戲也有價值了！」
但是，不管過多久，都沒聽見我所期望的回答。
取而代之在耳邊響起的，是幾乎無法相信是出自她口中的悲傷聲音。
「……對不起。」
她說了這句話。
我不知道她在對什麼道歉。
「……」
已經非得接受不可了。
茅野將要死去……被這個世界「遺忘」。
那是就算我摀住耳朵，大聲喊叫拒絕，也無可動搖的事實。

既然如此——

「……我知道了。」

「欸？」

「如果妳如此希望，那我就幫忙妳消除牽掛。直到最後一刻，我都會在妳身邊，幫妳實現願望。」

「望月同學……」

如果事實無可動搖，那就只能讓我的感情配合事實了。就算使出強硬手段或者任何方法，都要接納這個事實，為了達成她的願望做出最適當的選擇。

那是……我唯一能做到的事情。

茅野聽到這句話後緊緊握住我的手，如此說：

「謝謝你！我從五年前就知道，望月同學絕對會這樣說了！」

這是在哪聽過的一段話。

「我想做的事情有三件。」

茅野正經八百地豎起三根手指說道。

「與其說是牽掛，倒不如說是『到死之前沒做就會後悔喔～』的事情有三件。為了辦到這些事，我希望你能幫我。」

三件。

到目前為止，工作對象的牽掛大概都是一個，從這點來看，這個願望數量可說是超出一般規格。話雖如此，無法用普通框架限制這點，真是相當有茅野的風格。所以，我也不太在意。

比起這點，我有一件事情想確認。

「那個啊，茅野同學……」

「嗯？」

「我……真的可以嗎？」

共度最後一段時間的對象。

真的可以是我嗎？為了消除工作對象的牽掛，而被她選為死神，然後只是剛好此時在旁邊的我，真的可以嗎？

但茅野搖搖頭說：

「不是喔，不是你就好了。」

「而是要是望月同學才好。」

她的口氣沒有絲毫迷惘，斬釘截鐵。

「不是你就好……而是你才好。如果不是你，我也不願意。」

她再次開口。

跟動詞三段活用一樣——腦海中不禁冒出這種不合時宜的想法。

但是聽到她這麼說，我也做好覺悟了。

「我明白了，那麼，我該做什麼才好？」

「喔，你這麼快理解真是幫大忙了，真不愧是望月同學。」

說完後，茅野「嘻嘻」笑了。她那如向日葵般的笑容，已經完全回到她平常會有的樣子。

「那麼，馬上就讓我來發表第一個牽掛吧，鏘鏘！」

她發出戲劇性的效果音，說出牽掛的內容。

其內容，超乎我的想像。

「和我——約會吧？」

2

簡單來說，記憶這種東西，或許就和空氣一樣。

無時無刻都在那裡，但只要不注意就不會發現。

以為有卻已經不見了，也可能在偶然的一個瞬間，才發現其重要性。

所以說，那正像是水中的泡泡，是突然救了哪個人的心靈之物，同時也是相當虛幻的存在吧。

我們約在藤澤站前見面。

剛過中午最炎熱的時段，下午十二點五十分。

在光是眺望著街景，都刺眼到直眨眼的亮白太陽光照射下，我等著茅野前來。

「喔，比約好的時間還早到，佩服、佩服。」

約定時間的五分鐘前，她出現了。

略大的草帽，雪白、柔軟又輕飄飄的連身短裙，讓人懷疑是否未曾被太陽晒過的白嫩肌膚。這副模樣，與其說是死神，更給人夏日妖精之類的印象。

茅野在我的注視下，露出滿臉笑容。

「嗯，怎麼了嗎？我的美少女模樣讓你看著迷了嗎？」

「不是，只是覺得好白喔。」

「哇，超爛的感想，四十分。」

我自己也覺得這感想的確有點糟。

但就是很白啊，這也是沒辦法的事。至少，要是現在是冬天或其他季節，周遭別白成這樣，應該能有所不同吧……我邊想著這種事情，邊和茅野並肩邁開腳步。

「但話說回來，約會是怎樣啊？」

「嗯？」

「我沒想到妳會要求這種充滿青春感的活動。」

總覺得，她給我並不會自己說出這種事情的感覺。

我說完後，茅野用力鼓起臉頰。

「啊～好過分，我也是十七歲的女生耶。對這種事情有興趣，也想要體驗看看。就是正值青春年齡啦。」

「是這樣沒錯，但我到目前為止都沒有意識到這方面的事情。」

「哇，你完全沒把我當那方面的對象看啊？我們明明在一起那麼長的時間耶，再怎麼說，這都讓身為女生的我有點受傷耶……」

甚至還「嗚嗚嗚」地假哭。

聽她一說才發現，這麼說來，很不可思議的，到目前為止，我都不太有茅野是女生的意識。並非表示她沒有身為異性的魅力，或許是就算不需要特別意識，也覺得她是個一直存在在那邊的女生。

「好～那就給過分的望月同學一個懲罰。」

「？」

「從現在起直到最後一刻為止，你要把我當成你的女朋友。把我當成情人，溫柔、珍視地當成易碎物對待。啊，因為是情侶，所以不可以叫茅野同學，要叫我花織喔。」

她眨起單眼，露出惡作劇的笑容。

「……那、是……」

「欸～你不是說什麼都願意為我做嗎？你要是不願意叫我的名字，可能沒辦法消除我的牽掛喔～」

「……」

她嘴上這樣說，卻用滿懷期待的眼神抬頭看我。
啊啊，真是的，敗給她了。
「織……」
「嗯？聽不見喔？」
「……花、織……」
「嗯？嗯？再大聲一點。」
「……花織。」
聽見我如蚊蚋般的聲音，茅野點頭說「嗯」，露出滿足的滿臉笑容。那笑容真像是編織出了美麗花朵，炫目到令人睜不開眼。
說到約會的經典行程，就是購物和看電影。
在茅野要求下，我們先從車站搭公車到稍遠的購物商場，享受只看不買的逛街樂趣。
「啊，這好可愛喔。」
她在雜貨小物店停下腳步。

華麗的氛圍，擺著相當多絕對會受女生歡迎，色彩繽紛且可愛的裝飾品與小物。實際上，除了我以外，其他全是女性顧客。

「這感覺很適合你耶。」

「……如果妳真心這麼想，那應該要去檢查一下視力。」

「欸～是貓耳帽子耶。望月同學和貓咪一樣我行我素又薄情，肯定很適合的啊。」

「……妳現在很順口說了我的壞話吧？」

「活該～對待不把人家當女生看的木頭人，這樣正好啦。」

她瞇起單眼，「呸」地吐舌頭。

就在我們一如往常鬥嘴時，後面傳來笑聲。

一轉頭看，只見年輕女店員滿臉笑容地看著我們。

「歡迎光臨，你女朋友真可愛。」

「欸？」

這句話讓我一瞬間僵在原地。

女朋友。這肯定是指我身邊的茅野。原來在旁人眼中是這模樣啊。

茅野聽到這句話後，不知為何相當開心地回應：

「就是說啊，是可愛的女朋友～」

「欸，不、不是——」

「牽掛，可能無法消除喔～」

「……就是說啊。」

我覺得這個威脅的方法真的相當狡猾。

看著這樣的我們，店員再度展露笑容。

「真不錯呢，你們感情真好。那麼，我推薦這個給你們喔。」

店員說著，遞上項鍊給我們看。

那是壓克力製的可愛項鍊，兩隻黃色的魚像緊緊相挨般，頭部相連。

這是——

「這是蝴蝶魚，對吧？」

「喔，你還真了解呢，沒有錯。」

店員一臉驚訝地看著我。

「蝴蝶魚夫妻感情相當好，據說牠們只要一決定伴侶，終生都不會改變，白頭偕老。所以我覺得，非常適合你們這樣感情很好的情侶。」

我知道這個說法。

雖然蝴蝶魚是很常單獨行動的魚，但只要一決定伴侶，就會一生相伴。在水族館等地方，我也看過好多次兩隻蝴蝶魚彼此相挨的光景。

不經意看向身邊，茅野用有話想說的眼神直直盯著我看。與其說她有話想說，不如說她已經小聲說出：「不買給我牽掛就……」啊啊，真是的，真拿她沒辦法。

「……不好意思，請給我這個。」

「嘿嘿～太棒了。」

茅野像個得到想要玩具的小孩般笑了。

店員問我們要不要包起來，但茅野似乎決定要直接戴著走。

「呵呵呵，和望月同學戴相同項鍊～」

茅野摸著頸間發光的蝴蝶魚，非常開心地一直重複這句話。

整整享受櫥窗購物樂趣一小時左右後，我們朝電影院前進。

在離購物商場一段距離的電影院裡，看了可說是經典中的經典的愛情電影。主角是身患不治之症的女生和她男友，男友為了實現女生的願望，實際執行她想做的事情的清單，是老生常談的劇情。

「我覺得啊，故事最後，女生應該是死掉了吧，你覺得呢？」

「那應該是開放式結局吧，兩者都能說得通。那麼，我投還活著一票，那樣比較有點安慰。」

「喔，你意外地浪漫耶。」

「『意外』兩字是多餘的吧。」

看完電影後，我們到一家咖啡廳討論感想。

「因為啊，妳看嘛，至少在故事中，比起悲劇結局，喜劇結局肯定比較好啊。」

「哈哈哈，你果然是個令人意外的隱性浪漫主義者。」

「所以說……」

「……但也是啦，如果把結局交給觀影者解釋，確實，想著至少在故事中是喜劇結局會比較健全吧。」

「茅野同學……」

「花織。」

立刻被糾正了，真嚴格。

「花織……比較喜歡悲劇結局嗎？」

「嗯~怎麼說呢，因劇情而定吧。在現實中，我絕對比較喜歡喜劇結局就是了。」

茅野說完後笑了，那是比平常稍微收斂一點的笑容。

那之後，不知不覺順勢進了ＫＴＶ。

「嗯～好久沒唱歌了耶～好，要唱到喉嚨沙啞喔，望月同學上吧！」

「又是我啊！」

「因為我想要聽聽望月同學唱歌啊。」

「就算妳這麼期待，我也沒那麼會唱歌喔。」

「不要緊啦，就算你是音痴還是殺人超音波都沒關係，只要能聽你唱歌就好。」

「是這樣嗎？」

「就是啦，約會不就是這樣嗎？」

說完後，茅野開心地笑了。她說得太有道理，我完全無法反駁。

結果，雖然她說要我唱到喉嚨沙啞，但麥克風幾乎全被她握在手中。茅野歌聲很棒，而且從偶像歌曲到演歌都在守備範圍內，相當廣泛。至於我呢，只是隨意唱個流行歌曲蒙混過去就花光全身精力了。

「呵呵，真開心。ＫＴＶ果然不是取決於唱什麼，而是和誰一起唱啊。就這點來說，望月同學是滿分喔。」

她真的相當開心地如此說。

看著她的側臉，讓我不自覺地想，約會確實是這樣的東西也說不定。

「哈～玩過癮了、過癮了，好滿足！」

茅野邊這樣大喊，邊「唔～」地伸懶腰。

走出電影院時，太陽已經開始西下，原本光走在路上都讓人汗如雨下的強烈日照也稍微緩和了。周遭陣陣響起的蟬鳴，主角也從油蟬、斑透翅蟬換成了寒蟬。白天與傍晚的交界線，茅野身上全白的連身裙也染上橘紅。

「接下來要幹嘛？」

我問。

「時間還沒有那麼晚，我覺得可以去吃個飯之類的。」

「嗯～雖然那也不錯啦。」

茅野搖頭否決我的提議。

「妳有什麼事情嗎？要回家了嗎？」

「不，不是那樣。」

茅野這麼說著，往前跨出一步。

雙手背在背後，仰望天空。

我在她臉上，看到類似決心般的東西。

「那個啊，望月同學，你時間還方便嗎？」

「欸？嗯，沒問題喔，我沒什麼特別的要事。」

「這樣啊，那你可以再多陪我一下下嗎？」

「可以啊，要去哪？」

我一問，她輕笑說道：

「我有個想去的地方——這是第二個牽掛。」

3

她帶我前往的，是過於超乎我想像的地方。

從片瀨江之島站步行一段距離可抵達的水族館。

認識小幸的那個……水族館。

上次來這裡，是和小幸一起來看海豚表演秀那天。

當時的回憶突然浮現，直率、開朗、有點愛撒嬌的小女孩。已經從所有人的記憶中消失的她，只有我和茅野仍確實記得。記得她豐富的表情、笑容、最後一句話，這世界上只有我們記得。這麼一想，感覺心裡深處一緊。

「要進去這裡嗎？」

看來似乎是這樣，不過今天應該是檢修設備的休館日才對，外面也貼有相關告示。

但茅野如此回答：

「啊，不要緊，我已經講好了，可以進去。」

「欸？」

「快點，這邊。」

在茅野催促下，我從微開的入口走進館內。這麼說來，第一次和她見面的長谷寺也像這樣，過了參拜時間也能進去。死神有什麼可以進入營業時間外設施的後門嗎？

休館日的水族館，和平常見慣的氣氛完全不同。

雖然是理所當然，館內除了我們之外沒有其他人。靜悄悄的空間中，只有幫浦的聲音重重響著，觀賞用照明熄滅，昏暗通道的兩旁，只有水槽淡淡浮現。

「好安靜喔～原來水族館沒人會變這麼安靜啊。」

「是啊，彷彿在海底一樣。」

水族館本來就給人在深海裡的感覺，更別說這樣空無一人、照明熄滅後，這種感覺更明顯了。

「喔，望月同學真像詩人呢，我就覺得很像監獄。」

「那也太俗氣了吧……」

「欸～但我就真的這樣想嘛～」

我們邊這樣對話邊往前走，她到底想要帶我到哪裡去呢？

但是這個疑問，不久之後立刻解決了。

「——到了，就是這裡。」

抵達的地點——

「啊……」

抵達那裡，我忍不住喊出聲。

那裡是……舉辦海豚表演秀的主水池。

兩個月前也曾造訪，和小幸一起看海豚表演秀的地方。

但是，和至今看過的景色完全不同。

時間不同，而且空無一人，光是這樣，相同風景就能給人完全不同的印象。

沒有屋頂的表演會場那頭，是一片清澈的天空，再更前方，太陽彷彿要隱身於江之島身後般漸漸下降。世界徘徊在傍晚與夜晚的夾縫間，橙、黃、紅、藍、紫、黑等顏色混雜成難以形容的顏色，將周遭如同一幅繪畫般染出漂亮色彩。

彷彿非現實的光景。

這光景相當夢幻，讓我心胸某處隨之喧囂。

「欸，望月同學也過來這邊啦。」

以這如夢的光景為背景，茅野不知何時脫掉鞋子，赤著腳在玩水。啪啪地濺起水池的水，其飛沫反射出各種顏色。

為什麼呢？

從剛剛開始，就有什麼不太對勁。

「……」

我明明是第一次看見這幅光景。

應該從來沒造訪過閉館且空無一人的水族館才對。

但是為什麼呢？這幅光景與不可思議的似曾相識感，在我心中掀起巨大波瀾。這幅光景，我曾經看過嗎？

「……我想已經差不多了。」

茅野突然說出這句話。

「欸？」

「因為夕奈小姐曾經說過，死神在『遺忘』的人過世前一週時，就能找回和對方的回憶。失去的寶物會再次散發光芒，所以……」

「？」

我不知道茅野在說什麼。

但是，我心中有個預感，有什麼決定性的事情即將要發生。

「……那個啊，其實我和望月同學，第一次見面不是在長谷寺。」

「欸？」

茅野邊背對我邊說。

「你可能已經不記得了……一年前，我曾經在這裡再次見到你。」

「再次……見到？」

「沒錯，就在這裡的海豚水槽前。」

大概是這句話按下了開關吧。

原本空白的記憶角落，有什麼東西開始浮現。彷彿像照片慢慢出現在相紙上，一點一滴確實地創造出形體。

海豚的水槽。

長瀏海、戴眼鏡的少女。

同校制服。

——對啊，我一年前也曾來過這裡。

來到這裡，遇見了一個女生，和她稍微聊了一下。但是，我們到底聊了什麼，內容相當模糊不清。但是我強烈確信，那段記憶將在不久後鮮明地現身。

☆

「你喜歡海豚嗎？」

她如此問我。

沒看過的臉。因為她瀏海太長加上眼鏡，所以我看不太清楚她的臉孔，但我想我應該不認識她。看她身穿同一間高中的制服，肯定是碰巧才來向我搭話吧。稍微猶豫一下後，我回答：

「……我喜歡海豚喔，而且這兩隻很特別。」

「特別？」

「嗯，這兩隻是艾爾和多拉特，這是我取的名字。雖然是很久以前的事了。」

應該是四年前吧，水族館公開徵求為海豚命名，我報名之後，很幸運被選上了。從那時以來，我就常常來看海豚表演秀。

「這樣啊，那你就是替這兩個孩子命名的爸爸呢。」

她帶著些微寂寞的語氣加上一句：

「所以，你才會用那麼溫柔的表情看牠們啊？」

「……嗯，這也是原因之一，但不只是這樣。」

「？」

為什麼呢？

明明不是值得對人說的事情，我卻想要告訴她。

「我也不太清楚……但只要像這樣看著艾爾牠們，總覺得胸口的空洞就有點被填起來的感覺。」

「胸口的空洞？」

「嗯，從四年前開始鑿空，沒辦法填補的空洞。我也不知道為什麼就是了……」

沒錯，不知何時開始，我的心裡就空了一個不知名的大洞。

四年前……正好是失去雙親的那場車禍以來，這個喪失感就一直糾纏著我，原因很明顯不是雙親之死。雙親完全不愛我，而且我也已經對此放棄了。所以當聽到雙親過世時，我也沒有特別的感情。只是「啊，這樣啊」這般在大腦中確認事實。

所以，我到現在還是不知道這個空洞是什麼。

「……這樣啊，是這樣啊……」

她帶著遙望遠方的視線如此說。

她為什麼要露出這種表情呢？

彷彿知道我心中的空洞是什麼一樣……

她對著眨眨眼的我繼續說：

「──那個啊，我希望你別被嚇到，聽我說。」

「？」

「我啊……」

她一度閉上嘴。

似乎猶豫著什麼。

但她立刻看著我的眼睛，對了，我記得她確實這樣說：

「我……是死神。」

4

正好一年前。

在那之前，應該在那卻看不見的記憶，彷彿空氣染上色彩般逐漸浮現。

自稱死神的她。

說是為了消除將死的艾爾的牽掛而來到這裡。

我對她所說的話半信半疑，結果還是和她一起行動，一起目送艾爾離開。

對啊，艾爾死掉、被「遺忘」，然後我把她來找我說話以外的事情全忘了……

那麼，當時那個女生，就是茅野嗎？

我看著她的臉。

茅野靜靜地輕輕點頭。

「對，當時向你搭話的人就是我。因為髮型、氛圍之類的和現在差距甚大，所以你可能認不出來吧……」

確實，她的外表和當時很不一樣。

但我喚回的記憶，確切告訴我，現在眼前的茅野，就是當時那個女生。
那麼，我實際上一年前曾在這個地方遇見茅野囉？
相遇後，雖然只有短暫的時間，但我們聊過天，一起目送艾爾離開。
是因為這樣嗎？
我到目前為止才會對茅野抱有奇妙的親切感。
所以只要和她在一起，就會被總覺得認識很久的人就在我身邊的感覺侵襲嗎……

「不，不是喔。」

「欸？」
她斬釘截鐵地說。
「一年前，我們確實在這裡見面了。見了面，有所交流。但是，那不是我們的邂逅，而是我們的再會。」
「再會……」
「死神啊，可以得到一個僅有的權利。」
茅野開口說。

「這是其他人沒有的唯一權利……死神根本是消磨心靈的工作啊，神明肯定也覺得，要是沒這等回報，誰都不會想要當死神吧。」

說完後，茅野仰頭看天空。

不知何時，太陽已經完全落入西方海面。視線前方，藍得叫人害怕的月亮已經昇空。

藍月。

我知道這種月亮被如此稱呼。

「選擇一個，自己以外的人當死神的權利。這就是死神得到的權利。」

藍光照射下，她簡短地說。

「選擇……正確來說這種說法也不太對。是可以去問覺得『就是他』的人，願不願意當死神的權利。如果對方允諾了，就可以任命那個人為死神，這樣的權利。所以死神分為兩種，我和夕奈小姐這種被世界選中的甲種，和像你這樣被某個死神選出來的乙種。嗯，這些事情不重要啦。」

她輕輕搖頭，落在肩膀上的頭髮也隨之擺動。

「我使用這個權利，問你願不願意當死神。然後，你成為了死神。」

「為什麼要這樣做？」

「很簡單，因為只要成為死神，就可以讓對方記得自己。我先前也說過吧，對會被『遺忘』的人來說，這是個用盡任何手段都想要得到的東西。」

確實是如此。

在我所知範圍內，春子的牽掛就是這個，其他也有許多人選擇了相同的事情。但是，也有像夕奈一樣，沒選擇這個選項的人……

但是，有人能繼承回憶，對許多被「遺忘」者來說，肯定是最大的真心期望。大概，大概啦……如果我也會死、會被「遺忘」的話，最後最希望的事情，果然還是希望我可以繼續留存在珍視的人心中。

「所以，妳才選我當死神嗎？」

茅野輕輕點頭。

「……我很狡猾吧。為了這件事，我利用了春子的願望。把她為你著想的回憶當成人質，這種事情無法被原諒……」

才沒這回事，一點也不狡猾。

那肯定是每一個會被「遺忘」的人都會有的感情，再自然也不過了。

我還沒說出口，茅野便先搖頭。

「……而且，我所希望的不只如此。」

「欸？」

此時，茅野停頓了一會兒。

她微微抬起頭，再次看向浮在半空中的藍色月亮。

終於，像要吐露什麼一般開口：

「我希望你……可以拿回失去的回憶。」

「失去？」

「沒錯，不是一年前在此再次見到的回憶。確實因為那件事，我墜入了第二次初戀。即使如此，那還是和附贈的沒兩樣。不是這樣，我想要找回在你心中更古老的回憶。」

「古老的……回憶……」

感覺這句話和什麼東西相連。

對了。

為什麼我至今都沒想過這個可能性呢？
被世界「遺忘」的存在。
與他們的「死亡」同時，從全世界的人記憶中消失的存在。
如果我也……曾經有過這樣的存在呢？
在成為死神之前——成為唯一可以記得被「遺忘」者的存在之前，如果我也有被我「遺忘」的人呢？
有什麼東西從記憶深處慢慢湧上來。
從天而降的藍光照射下，在「遺忘」的深淵中，閃亮光輝的回憶寶石，其身影變得鮮明可見。
——藍色月亮閃耀的夜晚，會有奇蹟發生。
說出這句話的人，也確實是她。
茅野對著抬起頭來的我如此說：
「欸，望月同學，我們接吻吧？」
「欸？」
「在藍月下互許未來的兩人，就會得到奇蹟祝福，永結同心喔。」
還沒等我回答，茅野便輕輕靠近我。

接著踮腳，她柔軟、微溫的唇碰上我的。

「啊……」

我感覺心裡缺少的什麼，如高掛天空的月亮般圓滿了。

沉在「遺忘」大海裡，無可取代的寶物，如泡沫般一個接一個浮上來。

在藍月下遇見的少女。

聊天、彼此交心，成為「家人」。

夜間的水族館中，兩個人並排坐在一起抬頭看藍月，許下約定。

兩相交疊的剪影。

共度相同時光的日子。

以及那天……一起搭上車的她。

對啊，我從很早、很早以前就認識這個少女了。

「——月子……嗎？」

彷彿呼吸般，我非常自然地喊出這個名字。

過去曾呼喊過無數次的重要名字。

在藍月下許下約定，我少數卸下心防的人。
那個無可取代的存在，就在眼前。
看見找回全部的我，茅野——月子眼睛浮現淚水，溫柔微笑。
「終於……再會了。五年不見了，阿章。」

☆

我和那個女生——月子第一次邂逅，是在我小學時。
應該是一個人獨自在晚上的沙灘散步的時候。
我怎樣都不想要待在家裡。
父親、母親都不在，空殼一般的家，偶爾會讓我感到無比空虛。在寂靜中響起的家電嘰嘰聲，這種聲音吵得我睡不著。這種時候，我常會到春子家去。但這天很不湊巧春子外出，所以也沒辦法去她家。
因此我獨自外出。

走在夜晚空無一人的沙灘上，不可思議的，讓我感覺波濤洶湧的心情稍微平靜下來。滿天星斗和發出藍光的月亮，從無間斷的海浪聲讓我感覺到自在。

到底這樣過了多久呢？

突然，我發現視線角落似乎有人。

一開始還以為是幽靈。

雪白連身裙加上雪白的肌膚，在夜晚的黑暗中淡淡浮現。

但是定睛一看，那是個女孩子。

而且還和我差不多年紀。

在藍白月光的照射下，彷彿斷線般呆呆眺望著天空，臉頰有一道淚水流過，似乎在哭。

不知為何，我在意起她來。

大概，我的理智知道放著她不管比較好。

但我無論如何都很在意，所以向她搭話了。

「喂，妳在幹嘛？」

「欸……」

我搭話後，她似乎被我嚇到了。

她眨眨如彈珠大的眼睛，驚訝地看著我。

「妳在哭嗎，發生……什麼事了？」

「沒有……」

「妳這種時間一個人在這裡沒關係嗎？」

一問之下才知道，她是住在附近育幼院裡的女孩。

因為發生了讓她無可奈何的悲傷事情，為了排解這種心情，她才會偷跑出來。

「我媽媽死掉了。」

她簡短說道。

「剛把我生下來就丟掉，從沒見過面的媽媽。我明明對她沒有任何感情，明明一點也不難過，但聽到這個消息時，我也不知道該露出什麼表情，所以才來看月亮。從以前，我只要一看月亮，就能靜下心來……」

「這樣啊……」

這句話之所以打中我的心胸，是因為對母親有點矛盾的心情，我也痛切理解吧。

她肯定很不甘心，對母親、對自己、對這無可奈何的世界。

和我相同。

所以意識到時，我已經脫口而出了：

「——我們成為『家人』吧。」

這句話。

她一臉驚訝地看著我。

她的眼睛反射藍光，彷彿寶石一般。

最後，她直直看著我的眼睛，輕輕點頭。

「……嗯。」

這就是我們的開始。

從那天起，我們成了「家人」，偶爾會在夜晚的沙灘上見面，我們的感情越變越好。

她的名字叫花織，但因為她常抬頭看月亮，所以我就胡鬧地叫她月子。她雖然嘲笑這個綽號，卻也喜形於色地接受了。

之後，我們也開始在夜晚的沙灘之外的地方見面，偶爾也會找她來我家。雙親雖然一如往常對我毫不在意，卻也對兒子有了深交的朋友沒特別苛責，休假時還會開車載我們一起到春子家去玩。

我們也是那時候開始進出閉館後的水族館。

當時在水族館後面，有通往主水池的小路，是只有小孩子才能鑽過去的小洞，我們常偷偷鑽過小洞溜進去。

我們很喜歡夜間空無一人的主水池。

並排坐在水池邊，抬頭看開放的天空，聊各種事情。

我們兩人需要彼此，是少數幾個可以互相敞開心胸的對象。

也看著藍月立下誓言。

「在藍月下互許未來的兩人，就會得到奇蹟祝福，永結同心喔。」

稚氣、笨拙、沒有任何現實感的約定。

只不過，對當時的我們來說，那是無比認真，甚至影響至今日的東西。

正因為有她在，我才能活下來，我想，她也是因為有我在才能活到今日吧。

沒有和她共度的時光，沒有春子，我肯定無法忍受雙親的不聞不問。

但是，這如寶石般的時間，突然迎來結束。

那天也是月亮異常藍的夜晚。

我們……遭逢車禍。

我們一起到春子家去玩，就在那次回家路上。

回過神時，我已經在黑暗中了。

被夾在冰冷的金屬塊之間，我無法動彈。全身疼痛、無法呼吸，我還以為自己會就這樣死掉。

在這之中，有人朝我伸出援手。

她救了我。

如字面所示救了我的命。

但取而代之的，受了無法挽回的重傷。

接著，死神出現在我們面前。

意識朦朧中，死神告訴她，她被選為實習死神。用著悲傷的聲音告訴她，已經注定要死的她，被這個世界選為死神。那是一個看起來很溫柔，眼角淚痣讓人留下深刻印象的女性死神。

那就是我們的別離。

關於她的記憶就在此中斷了。

彷彿名為「遺忘」的濃霧籠罩這一切。

彷彿她打從一開始就不存在。

我的心中，只留下了一個大洞。

「被世界選為死神的人，都是已經確定死期的人。」

她——花織如唱歌般如此說。

「遲早會在不遠的將來迎接死期，已經確定會被『遺忘』的人。我先前也說過吧，被『遺忘』的時期因人而異，可能在死前五分鐘才開始，也可能早在十年之前就開始。要被選為死神，有兩個條件，一個是早已確定將與『死亡』的同時被『遺忘』，另一個是早已經確定死期了。基準大概是一年以上左右吧？我在五年前那場車禍中已經確定了死期，在那時就被所有人『遺忘』，變成死神了。不，不只是我，夕奈小姐也是如此，其他甲種死神都一樣。」

「那是表示……」

花織點頭回應我的聲音。

「——對，不是被選為死神的人會被『遺忘』，而是會被『遺忘』的人才會被選為死神。」

啊，原來，原來是這樣啊。

這是打從一開始就已經結束的故事。

茅野花織這一個少女，和我這個人認識，成為「家人」，被「遺忘」之後成為死神，接著再度找回回憶，把僅剩的時間剪取下來的……終章故事。

「……我就快要死了。死亡，被這個世界、所有人『遺忘』。所以我希望你在這之前可以想起來。就算讓你背負死神的重擔，我也想要找回阿章和我的時間。我好想要再見你一次……」

「花織……」

「對不起喔，把你捲進我這種任性當中……」

捲進——這是她第二次說出這句話。

那麼，我能回覆的答案也早已決定了。

「才沒那回事。」

「欸？」

「我完全不覺得被妳捲進來，因為和花織之間的回憶是我的寶藏，既然如此，這就是我該背負的重擔。」

「阿章……」

被花織選為死神這件事，我從來沒後悔過。

因為多虧如此，我才能和春子創造最後的回憶，才能把這個回憶在自己心中繼承下來；才能和小幸相遇，把她的笑容留在心中；才能好好面對自己的過去；才能認識了夕奈，知道她的心意與覺悟之深；才能知道她與花織共通的過去。

以及最重要的是……才能再見到月子。

不管哪個，都是無可取代的寶藏。

所以我這樣說：

「讓我們來更新回憶吧。」

「欸？」

「我找回五年前和月子的回憶了，也有這三個月裡和茅野同學一起度過的回憶。所以……就只剩下更新和花織之間的回憶了。」

五年前如寶石般的回憶。

這三個月裡，和同班同學兼死神的她共度的時光。

那麼再來……就只剩下和擁有兩者的花織，一同創造出邁向未來、僅屬於兩人的寶藏。

「阿章……嗯，來創造吧！我想要創造出未來的回憶！」

花織用力點頭。

就這樣，我們的最後一週開始了——

6

在那之後，過著如暴風雨般的每一天。

我們像要彌補這五年歲月的空窗，做了許多事情。

「哇～好漂亮，原來從我們學校的屋頂，也可以看見這麼漂亮的星空啊！」

「真的，星星好像要掉下來一樣。」

「嗯嗯，而且月亮也好大喔！月亮這麼大顆，阿章會不會變成大野狼啊？嗷嗚～這樣。」

「……嗷嗚～」

「啊哈哈，與其說是大野狼，根本是吉娃娃啊。」

我們在晚上溜進學校裡，觀測天文。

因為花織說想要做些很青春的事情。
在其延長線上，我們也在晚上到第二次再相會的長谷寺裡散步。
「話說回來，妳那時候為什麼要把我叫到長谷寺來啊？」
「欸，沒特別的意思喔，只是覺得寺廟和死神好像很不協調很有趣而已。」
「……就只是因為這樣？」
「對，就只是因為這樣。」
說著這樣的對話，我不小心說出總覺得老是偷偷溜進很多地方後，她回答：「因為死神領有一整年的自由通行證啊～」據說是死神會被賜予在開放時間外進入這類場所也不會被發現的特性。自由通行證這說法太妙了。
盡情享受青春活動後，我們還兩人一起去熱海旅行。
「欸，你看、你看！那就是知名的金色夜叉銅像耶。」
「就是那個啊，真的在踢耶。」
「是太激烈就會猛烈燃燒的兩個人嗎？在那之後，就跑去祕寶館住了一晚之類的嗎？」
「住一晚……」
說到是為什麼……因為春子留下旅遊券給我們兩個人，還附上一封信寫著「和花織妹妹一起開心去玩喔」。在整理春子遺物恰巧發現這東西時，我嚇了一大跳，但花織沒什麼反應，因為春子在臨死之前想起花織了。聽說接近「遺忘」者，偶爾會出現這種現象。

「欸、欸，剛剛在土產店裡被問了『你們是夫妻嗎？』對吧～該怎麼說呢，我們已經超越情侶，達到長伴左右的蝴蝶魚的氛圍了嗎？」

「只是單純看起來很老而已吧？」

「欸～那就是阿章不好，因為你散發出老樹的氛圍。」

「老樹……」

就連這種與平常無異的互動也很開心。

旅行回來後，也去看了海豚表演秀。

「喔，多拉特好努力喔！上啊～幹掉牠～！」

「海豚表演秀的主旨不是這樣吧。」

「欸？那，『敲一發出去吧！』之類的？」

「……」

「但話說回來，艾爾和多拉特，真的很像是阿章會取的名字耶。」

「妳是指很單純嗎？」

「不，是說你很浪漫（註1）。其實，我非常喜歡你這一點喔。」

「……」

「嗯，怎麼了嗎？」

「……因為妳太直接誇讚我了，我害羞。」

「嘻嘻嘻，這是報過去之仇。」

而在觀賞海豚表演秀的眾多觀眾中……小幸母親也在其中。看見那個海豚布偶就抱在她懷中，讓我覺得心情輕鬆許多。她仍舊「遺忘」著小幸，這肯定沒錯。但是，讓我得以確定小幸的心意，肯定以什麼樣的形式留下來了。只是這樣，就讓我感到些許救贖。

還有個令人開心的驚喜。

夕奈為了感謝我們幫她消除牽掛，預約了相片婚禮送給我們當禮物。「分享幸福」指的就是這個。

「欸、欸，我可以在班上散播這張照片嗎？」

「當然是不行啊……」

「欸～為什麼？」

註1：艾爾和多拉特取自於電影《龍虎盟》（El Dorado）。

「我會被其他男生殺了，妳可是很受歡迎耶。」
「欸，真的嗎、真的嗎？我都不知道。那阿章，你為了我去死吧。」
「這句話出自死神口中可不是開玩笑的耶……」
我們以根本沒時間休息的氣勢到處遊玩。
從早到晚一直共度相同時光，做了無數蠢事，聊天聊到喉嚨乾枯……更新了一個又一個新的回憶。
「欸，阿章。」
「嗯？」
「我啊……可以遇見阿章，和你成為『家人』，可以再相會，可以用回憶填滿共度的時光，真的很幸福。」
花織看似打從心底滿足地如此說道。
那是個無比透明，如向日葵般燦爛的笑容。
然後……那天，終於來臨了。

那天逼近了。

我將要從世界上消失，被世界「遺忘」的那一天。

但我一點也不害怕。

很不可思議，我對「死亡」沒有太多的恐懼。

真正恐懼的不是死亡，而是被「遺忘」，從所有人心中——從他心中消失這件事。

只有一件事……我有一件事沒對他說過。

五年前，我做出的選擇。

因為要是說出這件事，溫柔的他肯定會很在意。

肯定會在他心中留下不必要的疙瘩。

時至今日，我仍會想起那時的事情。

如果真有命運這東西，到底是有多麼殘酷啊。

命運把我們兩人的性命，放在「死亡」的天秤上。

我的答案，打從一開始就只有一個。

完全沒有迷惘。
就算再給我一次相同機會，我仍會毫不猶豫地做出相同選擇吧。
因為，他是「家人」啊。
在這個世界上，唯一一個可說是比自己生命更重要，無可取代的存在。
只有這件事是肯定的。

7

最後的地點想在可以看見月亮的沙灘。
花織如此說。
所以我們前往西濱。
從江之島站往南步行一段距離，是這附近很有名的沙灘。是以美麗景觀聞名的海岸，也是藍月創造出美麗「月光道路」的夢幻地點……以及，這也是我們認識的地方。
「嗯～感覺好久沒和阿章來這裡了～」
花織瞇細眼睛說著。

今天的月亮雖然不是藍月，但也是不輸給藍月的漂亮藍色。月亮散發的光芒成為藍色的雨傾瀉到地表，將周遭轉為神祕光景，彷彿為即將來臨的那一刻染上色彩。

「好懷念喔～阿章以前就是在這裡徘徊呢。」

「……不是徘徊，是散步。」

「欸～差不多啦。」

她這麼說著，笑了。

藍光照射下，那張笑容顯得更加虛幻，感覺下一刻就要消失了。

「……嗯，果然選這裡正剛好。這是我們成為『家人』，開始的地方，也是一起從水族館看藍月的地方，同時是結束的地方。是過去、現在與未來交錯的地方呢。」

「花織……」

我一瞬間，不知該如何叫她。

是該叫月子？叫茅野同學？還是要叫花織呢？每個名字都代表她，都是我無可取代的存在。

大概是注意到我內心的想法吧，她如此說：

「我是月子、是茅野同學，也是花織喔。這是和阿章一起共度的過去、現在與未來。」

「說的也是……」

我們並排坐在在沙灘上，漫無邊際地聊天。

聊些先前發生的事情、現在的事情，以及將來或許會發生的事情。

到底就這樣經過了多久時間呢？

原本在正上方的月亮稍微往西方傾斜時，花織看著我的臉說：

「……最後，要拜託你一件事。第三個牽掛。這大概……是相當自私，對阿章來說相當殘酷的請求。」

花織說完後，倏地站起身。

無聲無息移動，彷彿跳舞般走在沙灘上。

接著，直直看著我的眼睛如此說：

「阿章……別忘了我。」

「欸？」

我不知道她為什麼要說出這種話。

因為我不會忘記。

死神是唯一可以逃開「遺忘」的存在，這世界上唯一不會「遺忘」，把回憶延續至未來的機制。

正因為如此，我才會以死神身分持續存在。

花織稍微猶豫後，才對困惑的我說：

「……那個啊，死神的——乙種死神的工作，隨時都可以辭掉。」

「欸？」

「……只要你想要辭職，你現在就能立刻回到不為『死亡』與『遺忘』憂煩的普通生活。」

這還是我第一次聽說。

隨時……都可以辭職？

辭掉死神的工作？

花織點點頭回應我的疑問。

「但是，你只有在當死神的這段期間裡能記住我。所以，如果你辭掉死神工作，從那一刻起，你就會失去和我之間的全部回憶。」

「也就是說……」

花織點點頭回應我：

「也就是說，這等於我要求你……在我死了之後，也要一直、一直當死神才行。獨自繼續當死神，和即將被『遺忘』的人接觸，幫他們消除牽掛……我光是在這五年內，就有過好多次想要放棄的時候，也好幾次覺得心要被消磨殆盡了。這等於，我強求你在接下來的人生中也要一直承受這些……」

「……」

「我知道……我這樣做很自私，知道我很任性。我也知道持續做死神工作這件事，對溫柔的你來說，會是多大的痛苦。對不起，到最後一刻還先講先贏。但是、但是，即使如此，我還是……」

花織緊緊咬唇，低下頭。

「我……」

我沒辦法讓她繼續說下去。

我的手碰上花織的肩膀，像要堵住她所有話語似地緊緊抱住她。

「……阿章？」

「我不會忘喔。」

放入我所有的心意，告訴她。

「我不會忘了花織，當然也不會忘記月子、不會忘記茅野同學，絕對不會忘。這不是因為妳拜託我，而是我自己想這麼做才這麼做。」

死神這份工作確實不輕鬆。

或許會是消磨心靈，最後侵蝕我的重擔。

但是，即使是這樣……比起背負這個重擔，我更害怕失去和花織之間的回憶。

回想起「遺忘」的這五年，我就不寒而慄。忘記無可取代的什麼，每天只有無法捉摸的莫名喪失感來來去去。我根本無法想像要再過著那種如空殼般的日子。

我要帶著這份回憶。

和身為死神的任務一起。

我已經做好決定了。

「阿、章……」

花織的聲音顫抖。

我邊感受著耳邊的聲音，邊更用力抱緊她。

感受花織的體溫，溫暖、柔軟、溫柔，是她活著的證據。我的體溫肯定也傳到花織身上了吧，心臟的鼓動聽起來像是在互相對話。最後，兩個鼓動混在一起，合而為一。

接著，我們落下不知道第幾次的吻。

真希望這個時間可以永遠持續下去。

「我很開心喔。」

花織如此說。

「很開心，阿章給了我一生的幸福，我的人生很幸福。」

「嗯，我也很開心。」

「每天心臟都撲通跳個不停，緊張興奮又雀躍，心臟簡直和定時炸彈沒兩樣。」

「是有紅藍兩條線的那個嗎？」

「對、對，就是那個。要是一個出錯，我還會把你捲進來，引發大爆炸。」

「大爆炸就傷腦筋了……」

「啊哈哈，說得也是呢。但每天就是這般刺激。」

「……」

「……」

「和阿章成為『家人』真是太好了，唯一的『家人』是阿章真是太好了。」

她帶著真的非常滿足的表情說著，我快要哭出來了。

「如果要說遺憾，大概就是沒辦法和阿章生小孩，創造新的『家人』吧～」

「那是……」

「咦？咦？你幹嘛臉紅啊？」

「……才沒有。」

「欸～明明就有。看不太清楚到底是藍還是紅喔～？」

「……」

「欸，阿章。」

「嗯？」

「……我死了之後，你可以去找新的對象沒有關係。」

「我才不會這麼做。」

「欸～那阿章要一直單身嗎？一輩子？」

「那樣或許也不錯。」

「才不好，我死了之後，你要馬上找新對象，這是我的命令。要不然，你真的要孤老終生了。」

花織說完後笑了。

我們就這樣說了多久的話呢？

月亮又更多傾斜了一點，同時也變得更藍。

最後，花織離開我身邊，踏進海浪中。

「只要沿著『月光道路』直直走，就可以抵達月亮。我們也曾經這樣想過呢……」

說著，花織直接走進海裡。

打上岸的浪花，沾溼她的裙子。

「就這樣離開吧。」

花織用力說。

「我希望阿章可以記住我漂亮的一面，不是哭泣，而是漂亮笑著、散發光芒、心滿意足的我。」

她走在「月光道路」上，轉身回頭看的身影。

在藍色月光照射下，被閃亮發光的水面染上色彩，在那之中凜然的站姿，美得叫人害怕。

我肯定不會忘記這一刻。

將來，不管經過了多少時間，不管累積了多少沒有花織的回憶，在我終於能到她身邊的那天來臨前，此時的回憶都會在我心中持續燦爛閃耀吧。

和非常溫柔、充滿魅力的戀愛的死神。

我遺忘，又再次想起的夏日。

「花織，再見。」

「嗯，再見，阿章。」

只說了這句話，我轉過頭背對花織。

聽到了啜泣聲。

但我沒有回頭。

夜晚的海灘上，只有我的足跡刻劃出那確實的存在。

只有藍色月光，只有約定的光線柔柔地滿溢。

那就是和她最後一次見面。

暑假結束、到校上課時，我知道她從這個世界上消失了。

終章　真實之花

☆

一年過去。
她——花織被「遺忘」後，已經過了四個季節。
我仍然……做著死神的工作。
遇見了許多人。
幫被「遺忘」，從世界上靜靜消失的許多人消除他們最後的牽掛。
死神的工作大概以一個月一件的頻率出現，幫忙一個人消除牽掛大概需要一週時間，是相當辛苦的職務。
但只有今天這天，我決定要以這邊的時光為優先。
不管發生什麼事情，都不會被阻撓。
空無一人，夜晚的水族館。

在這個場所度過的時光，是僅屬於我——僅屬於死神的特權。
死神的自由通行證。
我最近才知道，這是因為涉及「遺忘」，所以其存在也與「遺忘」無比靠近而出現的副產物。
無人的主水池，被寂靜包圍。
只能聽見遠方響起的細微海濤聲，與覆蓋周遭的夜幕成對比，空中掛著一顆彷彿融化了大海顏色、閃耀鮮豔藍光的月亮。

——又見面了呢。

感覺似乎聽到了這個聲音。
沉睡在我心中，名為記憶的藏寶箱中，和她之間的耀眼寶石。
藍月照射下，毫無褪色，燦爛閃耀著。
我還記得。
記得春子。
記得小幸。

記得夕奈。
以及……記得那總是露出如向日葵般的開朗笑容，戀愛的死神。
「花織……」
就在幾天前——我知道了一件事。
有個第一次知道的真實。
她隱瞞著我，成為死神的溫柔謊言。
她的心意，從第一次相遇的那時開始，從六年前開始就一直在我身邊，直至那時我才知道。
我想起前幾天收到的指示手冊。
那是很奇妙的內容。
一如往常，以郵政包裹寄來的死神指示手冊。
指示手冊上這樣寫著。
「交通事故。中學生姊妹，兩個人。其中一個有甲種死神的資質，請確認本人的選擇。」

這是怎麼一回事呢？

到目前為止從沒遇過這種事，平常只是寫著工作對象的名字、年齡、簡單的個人資料和迎接「死亡」的時期而已。

我感到訝異，前往指定的地點。

指示手冊上寫的地點是醫院。

先前春子住的那家，在鎌倉的醫院。

工作對象遇到車禍後，住進這家醫院裡。疲勞駕駛的大卡車撞上人行道，牽連一對走在人行道上的姊妹的交通事故。

靜悄悄的醫院裡，我走在油氈地毯上前進。

不會遇到任何人，也不會被人責罵，這全多虧有死神的自由通行證。

終於抵達病房了。

和之前春子住的病房相同，二樓最裡面的房間。

「誰？」

走進房裡後，大概察覺我的氣息吧，拉簾那頭傳來聲音。

「我是死神。」

「死神？」

「嗯，沒錯，那個啊，我有件事情得要告訴妳們才行——」
我對她說明死神與死神的工作。雖然是荒誕無稽的事情，但不可思議的，工作對象總是毫不懷疑地相信我。說完後，拉簾那頭傳來虛弱的聲音。
「那麼……我們，我和妹妹會死掉嗎？」
提問的是長髮少女——應該是姊姊吧。我搖頭回應。
「其實……這還不知道耶。」
「不知道？」
「嗯。」
寫在指示手冊上的內容。
從其文面來看，無法判斷到底是姊妹中的哪一個會面臨「死亡」與「遺忘」的命運。
這種事情至今從沒發生過。
這種在這個時間點，還不確定哪一個將要面臨「死亡」命運的事情。
只不過，我大概已經有預感了。
大概……
「我想，妳們兩人中，有一個人會成為死神吧……」
「成為死神？」

「……嗯。」

肯定是這麼一回事。

被選為乙種死神時，也會徵詢本人的意見。真是的，這世界的神明有這麼愛選擇嗎？還是說，祂覺得只要給予人們名為「選擇」的自發性行為，自己就不需要負責呢？

不管怎樣，少女聽到我這句話後，斬釘截鐵回答：

「那我來當。只要我當上死神，接受『死亡』與『遺忘』的命運，這樣一來，我妹妹就能得救了，對吧？」

正如她所說。

成為死神，也就表示，已經確定將來有天要面對「死亡」與「遺忘」的命運。死神會從總有一天會被「遺忘」的人之中選出來，反過來說，被選為死神的人，就得背負「死亡」與「遺忘」的命運。而今天在此確定了這個命運的人只有一個。那麼，只要確定之後，另一個人自然就能逃脫「死亡」與「遺忘」的命運。

「我明白了，那麼，就讓妳成為死神——」

還沒說完，我突然察覺了。

「？」

等等，這是怎麼一回事？

現在這個狀況。

兩個人遭逢車禍，而其中一人要被選為甲種死神的分歧點。

……對啊。

……我知道一個與這極為相似的狀況。

過去，我曾親身經歷……

「唔……」

全身感到衝擊。

腦袋像被死神鐮刀狠狠揍了一下的感覺。

啊，原來，原來是這麼一回事啊……

我終於找到真相了。

花織為我做的事情。

如字面所示……真的如字面所示，花織救了我的命。而且不只一次，是兩次。

她為了拯救我的性命，選擇成為死神，接受了被「遺忘」這件事，接著執行辛苦的死神工作。

五年時間，單獨一人。

到最後的最後一刻，她都瞞著我這件事。因為她很溫柔，肯定是不想要讓我背負多餘的愧疚吧。

「死神先生？」

「欸？啊，對不起，沒什麼。」

「？」

我如此回答發出不可思議聲音的少女。

對這個和她做出相同選擇的……菜鳥實習死神。

藍月光芒，如溫柔的雨水般傾瀉。

柔和的光輝，把我喚回現實。

回過神時，已經過一個小時了。

手機在口袋內震動，通知我有來電。大概是成為新助手的那孩子打來的吧。

我小聲嘆氣後站起身。

掛在脖子上的蝴蝶魚項鍊隨風擺盪。

傷感的時間結束了。

我現在就在這。

那個確實的光輝，就存在我心中。
被她拯救的性命。
用這條命，繼承名為「她的回憶」的這個寶石，肯定是必然的。

——在藍月下互許未來的兩人，就會得到奇蹟祝福，永結同心喔。

我們的心永不分離了。
這就是名為奇蹟祝福的，閃耀賞賜。
感覺似乎聽到她「嘻嘻嘻」的笑聲。

把無可取代的她的話語放在心中，我今天也繼續當個死神。

國家圖書館出版品預行編目資料

戀愛的死神，與我遺忘的夏天 / 五十嵐雄策
作；林于楟譯. -- 初版. -- 臺北市：臺灣角川，
2020.03
　面；　公分. --（角川輕.文學）
譯自：恋する死神と、僕が忘れた夏
ISBN 978-957-743-643-6(平裝)

861.57　　　　　　　　　　　　109001098

輕文學 Light Literature

戀愛的死神，與我遺忘的夏天

原著名＊恋する死神と、僕が忘れた夏

作　　者＊五十嵐雄策
插　　畫＊浅見なつ
譯　　者＊林于楟

2020 年 3 月 23 日　初版第 1 刷發行

發 行 人＊岩崎剛人
總 經 理＊楊淑媄
資深總監＊許嘉鴻
總 編 輯＊呂慧君
編　　輯＊薛怡冠
美術設計＊李曼庭
印　　務＊李明修（主任）、張加恩（主任）、張凱棋

台灣角川

發 行 所＊台灣角川股份有限公司
地　　址＊105 台北市光復北路 11 巷 44 號 5 樓
電　　話＊（02）2747-2433
傳　　真＊（02）2747-2558
網　　址＊http://www.kadokawa.com.tw
劃撥帳戶＊台灣角川股份有限公司
劃撥帳號＊ 19487412
法律顧問＊有澤法律事務所
製　　版＊尚騰印刷事業有限公司
I S B N＊978-957-743-643-6